探偵チームKZ事件ノート

黄金の雨は知っている

藤本ひとみ／原作
住滝 良／文　駒形／絵

講談社 青い鳥文庫

もくじ

おもな登場人物

若武 和臣

サッカーチームKZのエースストライカーであり、探偵チームKZのリーダー。目立つのが大好き。

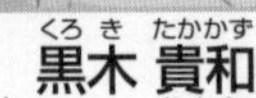

黒木 貴和

背が高くて、大人っぽい。女の子に優しい王子様だが、ミステリアスな一面も。「対人関係のエキスパート」。

立花 彩

この物語の主人公。中学1年生。高校3年生の兄と小学2年生の妹がいる。「国語のエキスパート」。

上杉 和典

知的でクール、ときには厳しい理論派。数学が得意で「数の上杉」とよばれている。

小塚 和彦

おっとりした感じで優しい。社会と理科が得意で「シャリ(社理)の小塚」とよばれている。

1　立花彩のモノローグ

KZと書いて、カッズと読む。

今、最高にカッコいいサッカーチーム。

秀明ゼミナールっていう進学塾が、体も鍛えないと受験に勝ち抜けないからという理由で、自分の塾の生徒たちの中から希望者を集めて作った。

KZ高等部、KZ中等部、KZ初等部の3つのチームがある。

秀明ゼミナール自体が、かなり難しい塾で、入塾テストで落ちる人もかなりいるんだけれど、その高レベルの秀明の中でも、偏差値が70以上でないとKZには入れない。

つまりKZは、エリート集団なんだ。

同時に、県主催の小・中・高のサッカーリーグで優勝したスポーツ集団でもある。

全員が素早くピッチを走り回り、流れるようにボールをつないで優勝を決めた時には、とてもカッコよかった。

ゴール前に皆が駆け寄ってきて、飛びつくようにして抱き合って、それまでの緊張した顔が一気に笑顔になってね。
勉強もできてスポーツもできるKZに、お母さんたちもお父さんたちも、もちろん私たちも、皆が夢中！

でもKZは、とてもはるかな、手の届かない存在だったんだ。

つまり、あこがれの集団。

それが、ねえ。

ある日、突然ハプニングが起こって、私は、彼らの中の3人と知り合いになった。

若武と、上杉君と、それから黒木君。

初めは、

「うわぁ、この子たち、KZだぁ！　こんな近くにKZがいるっ!!」

と思って、胸がドキドキしていたんだけれど。

一緒にいる時間が長くなるにつれて、その実態がわかってきて、幻滅した。

もう最低、すっごくいやなヤツ、って思ったこともあったよ。

でも、その中から少しずつ、3人の本当の姿が見えてきて、私は次第に皆が好きになった。

あこがれって、自分の想像で相手をカバーして、心の中であれこれ考えて、1人で夢見ていることだよね。

その人を知って、それを認めて、関わっていくこととは違うと思う。

でもそういうやり方でしか、本当に人を好きになることはできないんじゃないかなって、私は、この頃思うんだ。

KZの皆と付き合うようになってから、特にね。

今、私は、その3人に小塚君や翼を含めた合計6人で、探偵チームKZを作っている。

持ちこまれた難事件を解決するんだよ。

リサーチ料も取る予定。

活動には、いろいろと費用がかかるから。

それを払ってもいいから私たちに事件を解決してほしいっていう人が出てきた時こそ、私たちKZが本当に認められた時なんだって、私は思っている。

残念ながら、まだ1度も、支払ってもらったことがないんだけれどね。

それでも、学校と家と秀明を往復している私にとって、探偵チームKZの活動は、とても刺激的で楽しい。

今の私の生きがい、と言ってもいいくらいに！

では今回、私が出くわしたすごい事件を紹介します。
読んでね。

2 目を疑う光景

その土曜日の午後、私はまた、秀明のグラウンドまで行ってみた。

1人で、懸命な努力をしている若武の姿を見たかったから。

若武は、抜群の運動神経を持っていて、サッカーチームKZでは、不動のトップ下といわれていた。

トップ下というのは、攻撃の要で、チームの中で1番目立つポジション。

それを維持していることが、若武の誇りだったんだ。

それなのに、ある日、突然、そのトップ下から外された。

若武は怒ったり、迷ったり、いろいろと試行錯誤していたけれど、やがて猛然と個人練習をするようになった。

その噂を聞いて、私も行ってみたんだ。

グラウンドの砂埃にまみれて、1人で、ひたすらに練習する若武を見て、胸が熱くなるような気がした。

見ていると、自分も頑張ろうって気持ちになれたんだ。

それで時々、こっそりと若武の練習を見にいくようになった。


その日、私がグラウンドに着いた時には、KZ全体の練習はもう終わっていて、正門前の道は、中から出てくるメンバーたちで混み合っていた。

皆が、練習着の上から緋色のウィンドブレーカーを着ていて、あたり一帯が真っ赤に見えるほどだった。

冗談を言ったり、じゃれ合ったりしながらそれぞれの自転車に飛び乗り、短い挨拶を交わして颯爽と帰っていく。

脇では、ファンの女の子たちが固まって、それを見送っていた。

中には、タオルを持っている子もいる。

グラウンドでの練習が終わったメンバーは、いったんクラブハウスに引き上げるんだけれど、その時、女の子たちは彼らの通り道に駆け寄って、フェンス越しに、自分の好きなメンバーにタオルを投げるんだ。

もちろんメンバーの方は、ただ通り過ぎていくだけ。

コーチや顧問がそれを拾って、まとめて女の子たちの方に投げ返す。

だけどうまくすると、メンバーの肩や頭にタオルが引っかかることがあるらしい。

すると、たいていのメンバーは、それをもらってくれるんだって。

そんな時もらってくれないのは、上杉君だけだって聞いたことがある。

払い落として、そのまま行ってしまうんだって。

それで、すっごく冷たいって噂が立ってるんだ。

だけど、そこがたまらなくシビれるって言ってる子も結構いるから、不思議。

女の子たちは、お目当ての子がもらってくれるのを期待して、タオルに自分の名前や、携帯番号を刺繍しておく。

でもタイミングが悪かったり、勇気がなかったりしてうまく投げられなかった子は、そのタオルを握りしめたままメンバーの帰りを見送ることになるんだ。

上杉君に払い落とされた子も、ね。

ちょっとかわいそうかなって思う。

私は、並木に沿って真っすぐ自転車を走らせて、東側にあるフェンスの出入り口で停め、そこから中に入った。

ここからだと、用具置き場になっているいくつかの物置の間を抜ければ、すぐ前がサッカーグラウンドだし、メンバーはほとんど出入りしないから、待ち伏せの女の子もいなくてちょうどいい。

「わぁ、ラッキー。」

はしゃいだ声が聞こえてきたのは、私が物置の脇を通り抜けようとした時だった。

見れば、向こうから女の子が7、8人、こっちにやってくる。

わっ、こんなこと、今まで1度もなかったのにっ！

私はあわてて、物置の陰に身をひそめた。

グラウンドに行こうとしているところを見られて、いろいろ言われたくなかったんだ。

「誘ってもらえるなんて、思わなかったよね。」

「ん、まだ信じらんないよ。」

「残ってて、ほんと、よかったたっ！」

笑いながら歩いてくる女の子たちの中心に、1人の男子がいた。

それを見て、私は、目が真ん丸になってしまった。

だって、それは、上杉君だったんだものっ！

土がついて汚れた練習着の肩から、緋色のスタジャンを羽織っていた。

なんで上杉君が女の子と⁉

そう思っている私の前で、上杉君は、なんと、こう言ったんだ。

「スタバ、行くか？」

女の子たちは、感極まったような声を出す。

「うれしいっ！」

「ああ、夢みたい・・・」

「上杉君とお茶できるなんて、最高！」

私は・・・呆然っ！

だって、あの上杉君が、あの上杉君がぁっ！

言葉もなく、ただただ見送っていると、後ろでクスッと笑う声が聞こえた。

「めったにお目にかかれない光景だろ。」

振り向くと、そこに黒木君がいたんだ。

KZのスタジャンのジッパーを上げながら歩いてくるところだった。

「若武がめずらしく、練習付き合ってくれって言うからさ、俺と上杉と美門で相手をしてたんだけど、あの子たちがフェンスの向こうから、キャーキャー騒ぐんだ。若武先生は、カッコづけだろ。そっちの方に気を取られて、全然、練習に身が入らない。」

ああ、バカ武・・・。

「それで美門が、あの子たちを何とかした方がいいでしょって言い出して、俺がお茶に誘うことにしたんだ。でも数が多いから、上杉先生にもご協力願ったわけ。シャワーの後、俺の髪、乾かすのに時間がかかるからさ、先にスタバにでも連れてっといてよって言ったんだけど、」

そう言いながら、前を行く上杉君を見つめる。

「かなり苦戦してるよね。ほら、肩が微妙に震えてる。」

よく見ると、確かに、肩に異常な力が入って、プルプルしていた。

私は思わず笑ってしまった。

その時、上杉君がクラブハウスの方を振り返って悲鳴のような声を上げたんだ。

「黒木、まだかっ！　早く来いよっ!!」

黒木君は、クスクス笑った。

「どうやら限界みたいだね。じゃ。」

そう言って私の脇を通りすぎながら、親指を立ててグラウンドの方を指す。

「若武と美門で練習やってる。励ましてやってよ。若武、かなり本気だからさ。」

バッチリと音のしそうなウィンクを残し、足を速めて前を行く集団に合流した。

「きゃぁ、黒木君だぁ！」

「ほんと、超・信じらんない、この豪華な組み合わせ。」

「夢でもいい。1秒でも長くこうしていたいよぉ・・・」

騒ぎながら遠ざかっていく集団を、私は見送った、上杉君の健闘を祈りながら。

日頃、何かとモメる上杉君と若武だけれど、いざって時にはこうして、身を犠牲にするようなハードな協力もしてくれるんだから、若武は感謝しないといけないよね。

物置の間を通り抜けると、目の前はサッカー用の広いピッチで、若武がこちらに背を向けて立っていた。

片足をボールにかけて、地面の上で転がしている。

向こうにあるゴールには、翼が立ちふさがっていた。

「オッケ！」

翼が、グローブをはめた両手を上げる。

若武はボールを蹴って走り出し、ドリブルでつないでゴール前までつめていった。

まるでボールが足にくっついているかのような、巧みなドリブルだった。

ゴール前では、翼が身構えている。

若武は、ちらっと翼に視線を流した。

風に乱れて頬に振りかかるくせのない髪の間で、きれいな2つの目が、獲物に狙いをつける獣みたいにキラッと光る。

私は、胸がキュンとした。

ああ、このカッコよさこそ、若武だよね、やっぱり！

翼の立ち位置と体重のかかっている足を一瞬で見極めると、若武は自分の利き足の反対側、ゴールの左側のサイドネットに向かって鋭いシュートを打った。

翼が、体を真横に倒しながら飛びつく。

でも、わずかに届かず、ボールはネットに突き刺さった。

「おおし、100本シュート完成。」

若武は、両手を拳に固めてガッツポーズをする。

翼が、拾ったボールを若武に転がしながらゴールマウスから出てきた。

「じゃマシューズ、いこっか。」

若武は、額の汗を腕で拭いながらボールを足で止め、近寄ってきた翼と向かい合う。

重心を低くして身構え、お互いの様子を探り合いながらわずかに左右に体を揺らしていて、やがて若武が、大きく横に出て、翼の脇を抜こうとした。

それを見た翼が、素早く阻止しようと動く。

瞬間、若武は反対側にボールを蹴り出し、重心をいっそう下げて脇をすり抜けながら、体を翼の前に割りこませた。

翼は、若武の背中でストップをかけられた形になり、それ以上動けない。

そこから動こうとすると、もうファウルするしかないんだ。

見ていて、惚れ惚れしてしまうほどスピーディで精悍な動きだった。

それを30分ほどやってから、次はリフティングを15分、その後、裸足になり、サークルを描くようなドリブルを30分、それでようやく終了した。

「付き合ってもらって、悪かったな。」

若武が肩を大きく上下させながら荒々しい息をつく。

「おまえも、技能検定の対象者だろ。明日は、俺が付き合おうか。」

翼は、いつもみたいな、かすかな微笑を浮かべた。

「俺は、実力で大丈夫だから。」

それは嘘だって、私にはすぐわかった。

だって翼は「ハート虫は知っている」の中で言ってたもの、いろいろできるって思われてるみたいだけど、それは全部、努力の結果だって。

ここでそれを言わないのは、若武の心に負担をかけないためだよね。

トップ下から外された若武を、応援したいって思ってるからだ。

翼って、さりげなくいい子！

私は感動したけれど、でも鈍感な若武には、それが全っ然通じなかったみたいで、信じられないと言ったように頰をゆがめ、目をすえて翼を見た。

「おまえさぁ、マジ？　俺は、おまえのポジション、分捕る気マンマンなんだぜ。わかってんの!?」

翼は、ふっと微笑を消す。

凛としたその目に、からかうような、挑発するような不敵なきらめきが浮かび上がった。

「やれるもんなら、やってみろよ。」

その場に、たちまち緊張が立ちこめる。

張りつめた空気は、今にも火花が飛び散りそうなほど熱かった。

これからどうなるんだろうと思って、私は心臓がドキドキした。

「よぉし、やってやる！」

若武がそう言い、ニヤッと笑う。

「トップ下、取られて泣くなよ。」

翼も、くすっと笑った。

「それ、俺のセリフだから。」

2人の間で交わされた微笑みが緊張を押し流し、その後に和やかさが広がって、私はほっと息をついた。

男の子って、不思議だ。

女の子同士だったら、友だちの間であんなにピリピリして身構えることってないし、万が一そんなことになったら、簡単には元に戻れないもの。

翼が、私の方に視線を流す。

「物置の陰に、立花、いるよ。」

それで若武は初めて、私に気づいたみたいだった。

「なんだ、いたのか。」

そう言いながら、こちらに向き直る。

じっと私を見つめて、片目だけをわずかに細めた。

「だったら、もっとカッコいいとこ見せてやればよかった。」

額から顳顬ににじんだ汗がキラキラ光ってまぶしくて、私はうつむいた。

もう充分、見たよ、カッコいいとこ。

そう思ったけれど、言わなかった。

だって、言ったら若武は、すぐ得意になるに決まっている。

そういう奴だもの。

調子に乗らせるのは、ちょっとくやしい。

「立花、誰から聞いたの？」

翼が不思議そうに首を傾げた。

「KZ技能検定まで、もうすぐだってこと。」

えっ⁉

目をパチクリしていると、若武があきれたような顔になった。

「おまえ、それで俺のこと応援に来たんじゃないのか。じゃ、何しに来たんだよ。」

えっと、それはまぁ、いろいろと・・・。

私がドギマギしていると、翼が助け船を出してくれた。

「まぁそこんとこは、カッコいい若武先生を見にきたってことにしとけば、よくない？」

私は、1人で真っ赤になってしまった。

だって・・・当たってるんだもの！

私・・・若武が一生懸命になっているところを見にきたんだ。

「一緒に帰ろうぜ。」

若武は、とても満足そうにうなずきながら言った。

「俺たち、シャワーしてくるけど、ちょっと待ってられる？」

秀明が始まるまでには、まだ充分時間がある。

私がオッケイすると、若武は、親指で正門の方を指した。

「じゃ、後でな。」

微笑んだその顔は、まぶしいくらいカッコよかった。

3　恋より大切なもの

私は、フェンスの出入り口から出て、自転車に乗って正門の近くまで行った。

すると、そこにはまだ女の子が3人いたんだ。

若武を見ていた子たちは、上杉君と黒木君が連れ出したはずだから、これは、ひょっとして翼の出待ち？

私は、少し離れた所に自転車を停めて、様子を見ていた。

やがて翼が、正門から姿を見せる。

1人だった。

洗い立ての練習着に着替えていて、上から緋色のウィンドブレーカーを羽織っている。

きれいな髪は、シャンプーしてドライヤーをかけたばかりらしくて、まだ少し、しっとりとしていた。

KZのたいていの子は、シャワーしても、汚れた練習着をそのまま着てしまう。

さっき出てきたメンバーも、上杉君も黒木君もそうだった。

でも翼って、かなりきれい好きなんだね、意外かも。

驚いて見ている私の前で、翼は、フェンスのそばに停めてあった銀色の自転車に歩み寄り、肩からかけていたKZバッグを前カゴに放りこんだ。

その時、女の子たちの中の1人が、おずおずと近付いていったんだ。

「あの、これ、読んでもらえますか？」

両手で手紙を差し出す。

まるで自分の命を差し出しているみたいに見えた。

きっと本人は、そのくらいの気持ちなのに違いない。

その迫力に、私は圧倒されてしまい、ただただ見つめるばかりだった。

すごい勇気だぁ・・・って思いながら。

それは、好きな男の子を遠くから見てキャアキャア言っているのとは、全然、重みの違うことだった。

「何、書いてあるの？」

翼が微笑んで聞くと、女の子は、ほんのり赤くなって目を伏せた。

「付き合ってほしいって。」

私は、自分のことみたいにハラハラした。

翼は、どうするのだろう。

受け取るんだろうか。

じっと手紙を差し出しながら体を硬くしているその子は、わりとかわいかったし、いじらしい感じがした。

翼の好みかもしれない。

うまく、まとまるといいな。

でも、だからって翼が彼女に夢中になって、KZの活動を疎かにしたりすると困るけれど。

なにしろ翼は、「赤い仮面は知っている」の中で、やっとKZに入団を認められたばかり。

入団式は、これからなんだ。

今に若武が企画するはずだけれど、その前に、女の子に気を取られてるって噂になって、若武の耳に入るのはまずいと思う。

付き合うのなら、どうか冷静にね。

そんなことを考えながら成り行きを見ていたので、翼の返事が聞こえた時には、とても驚いた。

「悪いけど、俺、もう彼女、いるんだ。」

へえ、全然、知らなかった！

そうなんだ。

学校では、誰とも付き合う気ないらしいって言われていたけれど、その真相は、これだったんだね。

「せっかく手紙書いてくれたのに、ごめんね。」

女の子は、抗議するかのような目で翼を見た。

「いつから付き合ってるんですか。どういうきっかけで？　同じ学校の人？」

翼は、困ったような顔になる。

「しばらく前からだよ。あまり細かなことは言えない。わかってもらえる？」

その子は、ようやくうなずいた。

「ほんとにごめんね。」

翼がもう1度そう言うと、その子はペコッと頭を下げて背中を向け、早足で、正門前から遠ざかっていった。

待っていた友だちが、あわてて後を追いかけていく。

見かけではわからないけれど、相当ショックを受けているのに違いなかった。

その後ろ姿を見送りながら、私は思った、もし自分に好きな人ができたら、あんな勇気を出せるだろうかって。

翼に憧れてる子は、学校にもたくさんいる。

だって翼は天使みたいにきれいで、スポーツも勉強もできて、しかも毅然としていて潔癖な精神の持ち主なんだもの。

普通の女の子にとっては、手の届かない王子様なんだ。

だから、すごくハードルが高い。

かなりの勇気がなかったら、チャレンジできないと思う。

その勇気は、どこから湧いてくるのだろう。

やっぱり、「愛」から？

それとも、自分には、この人が絶対に必要だっていう情熱から？

男の子を、そんなふうにとらえたことのない私には、どうにもピンとこないものだった。

でもそれが特定の男子じゃなくて、KZだったら、よくわかる気がする。

KZは、若武と上杉君、小塚君、黒木君、そして翼っていう集合体。

1人1人が優れた能力や、個性を持っているエリート集団なんだ。

私は・・・普通の子だけれど、「消えた自転車は知っている」の中で若武たちと同じクラスになって、KZ発足の時に一緒に活動したから、メンバーに入ることができた。

事件を追いながら皆の考え方に触れることで、私の世界はすごく豊かになってきたし、広がりも持てるようになった。

それに何といっても、圧倒的に楽しいものになったんだ。

時々は間違ったりもするけれど、それでも私は、自分にはKZの皆が絶対に必要なんだって思っている。

あまりにも強くそう思っているものだから、時々、考えてしまうんだ。

KZがなくなったら、どうしようって。

KZは、自然に発生したもので、とても不安定な集まりだった。

会議のための集合にしても、事件の調査にしても、学校や秀明の授業にいつもじゃまされているし、メンバーの意見も始終、対立して、そこから分裂騒ぎが起こることも多い。

それに「初恋は知っている」の中ではっきりしたように、クラブZっていう強敵もある。

クラブZがスタートしたら、それこそKZは、どうなるかわからないんだ。

私は、ゾクッとして首を縮めた。

いつまでもKZが続いてほしい。

KZのためだったら、私は、もちろん出せる！何でもするつもりでいた。さっきの女の子みたいな勇気だって、もちろん出せる！

「あれ、立花。」

翼が私を見つけ、上に向けた人さし指で差し招いた。

「そんなとこで何してんの。こっちおいでよ。若武はクールダウンしてるから、ちょっと時間かかるからさ。」

私は自転車を引っぱって、翼のそばに寄った。

「今の、聞こえた？」

そう聞かれて、あわてて答える。

「言わないから、大丈夫だよ。」

翼は、そういう意味じゃないといったようにわずかに首を横に振った。

「彼女いるって言ったけど、嘘だよ。」

え？

「そう言うのが、1番、傷つかずにすむんじゃないかと思ってさ。ただタイミングが遅かっただけだって思ってもらえるだろ。他の言い方だと、否定されたみたいに感じるかもしれないから。」

私は、翼のとっさの配慮に感心した。

さっき若武と話してる時もそうだったけれど、翼は、いつも誰にでも気を遣ってるんだよね。

「でも女の子って、」

そう言いながら翼は、ちょっと息をつく。

「付き合いたがる子、すごく多いよね。どうしてだろ。俺たちの年で付き合ってるカップルって、よっぽど強引な奴以外は、たいてい女の子に引きずりこまれるケースだよ。」

翼の視線は、さっきの子が歩いていった方向を追っていた。

「付き合うとなったら、誰か1人だけだろ。束縛されるし、時間も取られる。それより仲間と一緒に過ごしてた方が自由で楽しいって、女の子は思わないのかな。」

首を傾げながら、私を見る。

「立花は、どう？」

私は困ってしまった。

だって私は、翼の言っている女の子たちみたいじゃないんだもの。

誰かと付き合いたいなんて、まだ全然、思わない。

もし、これからそういう子が現れたとしても、私はたぶん、その子よりKZの方を優先させるに違いなかった。

でも、それってきっと、変わってるってことなんだ。

私は、そんな自分にわかる範囲で、答えておくことにした。

「女の子の仲間って、男の子たちと違ってて、自由で楽しいことばっかりじゃないから、仲間より男の子との付き合いに走るのかもしんない。」

翼は、ふぅんというように軽くうなずいた。

「俺、女の子には興味あるけど、それと同じくらい他のことにも興味あるよ。時間って貴重だろ。どこに使うかって考えたら、今は1人の女の子より、若武たちとの付き合いに使いたいって感じ。KZは、俺の優先順位の1番だからさ。」

私は胸を打たれ、まじまじと翼を見た。

それは、私の思っていることと、まったく同じだった。

私は、翼の中に、自分と同じ魂が宿っているような気がした。

もっと言えば、翼の内に、もう1人の自分を見つけたように感じたんだ。

それで、翼のその言葉に飛びつくみたいに、急いで言った。

「私も、そう思ってる。今は、何よりKZの仲間が大切だって。」

翼の凜とした目の中に、ふっと驚きが広がり、それが微笑みに変わった。

「へえ、俺と同じだね。」

私たちの間の空気は、その時、とてもやさしいものになって、まるで柔らかなリボンみたいに、私と翼を結びつけた。

私はじっと翼を見つめ、翼に見つめられながら思ったんだ。

心が通うって、こういうことなのかもしれないって。

「お待たせ。」

後ろで突然、声がして、振り向くと、若武が、くせのない髪から滴を滴らせながら立っていた。

突きつめるような目で、じいっとこちらを見ている。

私はビクッとし、悪いことでもしていたかのように固まってしまった。

若武は、その目をいっそう鋭くする。

「何、話してたんだよ。」

私は、急いで答えようとした。

まるで言い訳をする時みたいに、あせって。

とたん、翼がちょっと手を上げて、それを止めたんだ。

俺が話すよって言ってるみたいだったから、私は口をつぐんだ。

その頃になってようやく気持ちがほぐれてきて、いったい何だって、ここで若武ににらまれなきゃならないんだろうと思ったけれど、翼が事情を話してくれるみたいだったから、それを待っていた。

「俺たちが話してたことはね、」

そう言いながら翼は、青く見えるほど澄んだその目に、ふっと笑みを含んだ。

「ひ、み、つ。」

その瞬間、若武はいきなり翼に飛びつき、そばにあった自転車を巻きこみながら道に押し倒すと、馬乗りになって襟元を締め上げた。

「きっさま、話せ！」

私は、あわてて声を上げた。

「若武、さっき言ってた、KZ技能検定って、何のこと？」

若武は一瞬、気を取られ、そのすきに翼は、若武の体の下から素早く脱出した。

若武は捕まえようとしたけれど間に合わず、舌打ちしてその場に座りこむと、地面の砂をつかんで、その場にたたきつけた。

「ちきしょうっ！」

翼が、後ろからそっと歩み寄って、若武の肩をたたく。

若武が振り向いたとたん、翼は、ニッコリ笑いながらアカンベした。

若武は、とっさに体をひねりざま腕を伸ばして翼の首にクリンチ、再び取っ組み合いが始まりそうになったところに、上杉君と黒木君が駆けつけてきて、引き離してくれたんだ。

私は、大きな息をついた。

地獄で仏に会ったようって、きっとこういう時のための言葉だよね。

「で、原因は、何なんだよ。」

上杉君に聞かれて、若武は、ブスッとしたまま、だんまり。

翼も無言。

上杉君と黒木君の視線は、私の方に回ってくる。

私は、あせった。

言葉は私の専門分野だけれど、2人の気持ちがわからなかったし、それを上杉君と黒木君に伝えるとなると、もうどういうふうに話せばいいのか、まるで自信がなかったんだ。

それでザックリまとめて、この場を切り抜けようと考えた。

「えっと、極めて個性的な言動によって、2人の間に齟齬が生じたって感じ。」

上杉君と黒木君は、顔を見合わせた。

「なんか、はっきり言いたくないらしいぜ。」

「まぁいいんじゃない。そういうこともあるよ。」

すごく大人の対応で、私はほっとした。

まったく若武ときたら、すぐムキになるんだから。

一瞬、そう思ったんだけれど、よく考えたら、翼も悪いかも。

私たち、聞かれて困るような話をしてたわけじゃないし、素直に言えば問題なかったんじゃない?

「なんで話さなかったの。」

こっそりそう言うと、翼は、若武に締め上げられた練習着の襟元に手をかけて引っぱりながら大きな息をついた。

「いやぁ若武がブチ切れそうだったから、つい、からかいたくなっちゃってさ。」

そういえば、前にもこういうこと、あったよね。

私は、コンと翼の頭をぶった。

「くだんないこと、しないの。」

翼は私を見つめ、くすっと笑う。

「は、お姫様。」

瞬間、若武が大声を上げた。

「おまえら、何だよ、その見つめ合いっ！」

翼が若武を振り返る。

「これは、心が1つになってる証。」

若武は、噴火でもするかのように叫んだ。

「馬鹿野郎、許さんっ!!」

それでまた黒木君が、若武を抱きとめなければならなかった。

「美門さぁ、」

上杉君が、あきれたといったような目で翼を見る。

「若武先生をイジるの、やめろよ。単細胞なんだからさ。」

それでまた若武はあばれ出し、後ろから羽交い絞めにしていた黒木君が苦笑した。

「上杉先生、おまえも、やめるんだ。」

上杉君はニヤッと笑う。


「あ、バレた？」

若武は、くやしそうに黒木君の腕を振り払った。

「おまえら、何で戻って来てんだよ。」

若武ににらまれて、2人ははっとしたようだった。

「馬鹿な騒ぎに巻きこまれて、うっかりしてたけど、自転車取りにきたんだ。」

「もう秀明行かないと、遅れる時間だからさ。」

それで全員が一気に現実に引き戻され、あわてて自分の自転車に飛びついたんだ。

急がないと！

4 黄金の雨

「裏道で行こうぜ。その方が早い。」

若武がそう言って、先頭に立った。

それで後ろについていったんだけれど、若武が進む道といったら、まるで前人未踏の獣道っ！

明らかに人の家の庭みたいな所を通り抜けたり、ハンドルをちょっとでも曲げたら、両側にある倉庫の壁にぶつかってしまいそうな狭い所を延々と走ったり、畑みたいなデコボコ道を赤土の砂埃を巻き上げて爆走したり。

私は、何度、

「ここって、通ってもいいのっ!?」

と叫びたくなったか知れやしない。

でも皆が猛然と自転車を走らせてドンドン進んでいってしまうし、私の後ろからは黒木君がついてくるし、秀明に遅れるのはいやだったから、とにかく走り続けるしかなかったんだ。

ようやく舗装された道路に出た時には、この世に生還したような気持ちだった。

「ここまで来れば、後は楽勝。余裕で行こうぜ。」

そこから私たちは、2人ずつ横に並んで走った。

それは駅に通じる道だったんだけれど、周りには空き地や畑が多くて、大きなスーパーやマンションもなく、人も車もほとんど通っていなかった。

スピードも落ちたし、隣は黒木君だったので、私は、KZ技能検定について聞いてみることにしたんだ。

「それはね、この半年間に、ポジションが変更になったメンバーを集めてするテストのこと。いい結果を出せば、希望のポジションに異動できるんだ。」

それで若武が、トップ下を分捕るって言ってたのかぁ。

「俺も上杉も、若武がトップ下に復帰できるように願ってるよ。だから練習に付き合ったんだ。美門も、そうだと思う。前に、ポジションのことは気にしてないって言ってたけど、あいつ、口より心の方が繊細な奴だからね。若武がいったんトップ下に戻ってくれた方が、気が楽なんじゃないのかな。若武みたいにトップ下へのこだわりはないみたいだし。」

ん、そうだね。

翼は、燃える時には誰よりも熱くなるんだけれど、何かにこだわるってことは、あまりないような気がする。

「美門ってさ、与えられたものや、周りの環境に合わせて自分を伸ばしていけるタイプだよ。柔軟なんだ。だから全教科で稼げる。」

そう言いながら黒木君は、前を走っている翼に目を向けた。

「風みたいだな、あいつ。どういう形にでもなれて、とても自由だ。」

うらやましそうな言い方だった。

私は、思わず黒木君の顔を見た。

彫りの深いその横顔に埋めこんだオニキスみたいな2つの目が、ここにはない何かを見つめている。

黒木君って、謎の人だよね。

その生態は、私の理解をはるかに超えてる感じ。

「わっ！」

先頭を走っていた若武が突然、叫び声を上げ、急ブレーキをかける。

止まりきれずに自転車から飛び出し、車道の中央まで転がり出た。

それに続いていた上杉君と翼は、とっさに自転車を横倒しにしながら飛び降りる。

私はあわてたけれど、どうしていいのかわからず、黒木君が飛びついてハンドルを切ってくれなかったら、上杉君と翼の間に突っこんで転倒するところだった。

「大丈夫？」

黒木君に聞かれて、私はうなずきながら自転車を降りた。

私たち以外、誰もいなかったし、車も通っていなかったから、事故にならずにすんだって感じだった。

「おい、何だよっ！」

上杉君が、まいったというようにズボンを払って立ち上がる。

「突然、止まんじゃねーよ。」

若武は、こちらを向いたけれど、その顔は、私が今まで見たこともないほど呆然としていた。

「今、これ・・・」

そう言いながら、両手を差し出す。

「空から、頭に落ちてきた。」

差し出された若武の手がつかんでいたもの・・・それは、1万円札だった。

しかも、3枚もっ！

私たちはギョッとし、いっせいに空を仰いだ。

すると、そこには、風にあおられたたくさんの1万円札が、まるで渦巻きみたいな大きな円を描いて舞っていたんだ。

クルクル舞いながら、少しずつハラハラと落ちてくる。

私は自分の目が信じられず、ただぼうっとしていた。

1枚1枚の1万円札の表についているホログラムに、夕日が反射して7色に光って、中でも金色が特にきれいで、まるで黄金の雨が降ってくるみたいだった。

「もしかして、玩具の札とか？」

翼が言うと、若武がきっぱりと首を横に振った。

「本物だ。ホログラム見てみろよ。」

地面には、たちまち1万円札が積み重なり、私たちの靴を埋めていく。

上杉君がつぶやいた。

「どうすんだ、俺たち・・・」

5　いつものパターン

若武が我に返り、指令を出した。

「とにかく拾えっ！」

それで私たちは、地面に這いつくばって、降り積もる1万円札を集めたんだ。

歩道や車道に落ちているのはまだよかったんだけれど、道のはるかかなたまで飛んでいたり、道路脇の立ち木や、畑の野菜に引っかかったり、蓋のはずれた側溝の中に落ちたりしているのもあったので、見落とさないようにするのが大変だった。

畑の中の一部に小さな墓地があって、その墓石の間に落ちているのもあったし。

それに、こんなことをしている時に誰かが通りかかったら、とんでもない濡れ衣を着せられるんじゃないかと思うと、ヒヤヒヤした。

「これ、全部で1億くらいあるでしょ。」

翼の言葉に、黒木君が軽く首を横に振る。

「1億じゃきかないだろ。もっとあるよ。」

そんなにたくさんのお金を見るのは、初めてのことだった。

私は、何とも言えない気分で、それらをながめ回した。

昔、私のいた幼稚園で新しい園舎を建てた時、1億かかったって話を聞いたことがある。

このお金があれば、幼稚園の園舎を建てる以上のことができるんだ。

まさに、黄金の雨だよね。

「遺失物法によれば、」

若武が、にんまりしながら口を開く。

「落とし物を拾った人間は、その5パーセントから20パーセントを報労金、つまり謝礼として受け取ることができるんだ。落ちてた金が1億なら、もらえるのは500万から2千万。2億なら、1千万から4千万。しかも3か月以内に落とし主が出てこない場合は、全額もらえる、バンザイ、ハレルヤっ！」

きれいな唇から歓喜の叫びをもらし、2つの目に、うっとりとした光をまたたかせた。

「駅前の分譲マンションを買って、KZ探偵事務所を設立しよう。」

上杉君が、いらだたしげな声を上げる。

「その前に、この大量の札をどうやって運ぶのかを考えろよ。入れる物がないじゃん。」

それは、実際、大きな問題だった。

皆が秀明バッグにつめこんだとしても、入りきらないくらいの量だったから。

「それに、こんなことしてたら、今に誰かが通りかかるかもしれないよ。」

私がそう言うと、若武は、ものすごくあわてた。

「これは、俺たちだけのものだ。誰にも見つかっちゃなんねぇ。」

その言い方は、まるでテレビの時代劇に出てくる悪徳商人そっくりだった。

私は思わず、伊勢屋若武とか、越後屋若武とか、呼んでしまいそうになった。

「道の端に寄せろよ。1枚残らずだ。急いで! ここから家が1番近いの、誰だ?」

黒木君が片手を上げる。

「何か、入れ物持ってこいよ。あ、箒も。拾うより掃いた方が早そうだ。」

黒木君が出発し、戻ってくるまでの間に、私たちは1万円札を道の端に積み上げ、その周りに自転車を置いて囲った。

人や車が通りかかった時には、その前に立ちふさがってごまかしたんだ。

「キャリー持ってきた。」

黒木君が、自転車の前カゴからはみ出していたキャリーバッグを下ろし、蓋を開ける。

若武と私で、箒を使ってそこに現金を掃き入れた。

その間、上杉君と翼が見張りに立っていて、人や車が通りかかると口笛を吹く。

そのたびに私たちは作業を中止し、体でさりげなく現金を隠した。

「よし、完了。上杉、美門、もういいぞ。」

若武に言われて、2人が戻ってくる。

キャリーバッグに収まった大金をつくづくと見下ろして、上杉君が言った。

「これ全部、新札だよな。」

それで私も、初めてそれに気づいた。

折り曲げた線も、汚れもついていない新しいお札ばかりだった。

「ちょっと見せて。」

翼が手を伸ばし、キャリーバッグの中から1枚を取り上げる。

じっと見つめていて、また別の1枚を取り、次々と見ていたけれど、やがて大きな息をついた。

「だめだ、これ。」

はっ!?

「残念だけど、これじゃKZ探偵事務所は買えない。」

若武が目をむく。

「偽札じゃねーぜ。玩具でもない。本物なんだぞ。」

翼は、うなずいた。

「でも、盗品だからさ。」

ええっ⁉

「これって、10年くらい前に盗まれた金だよ。」

私たちは、びっくり！

何でわかるのっ⁉

「3億円事件っていって、今もまだ犯人が見つかっていない強奪事件だ。もうすぐ時効のはずだけどさ。その時、盗まれた金の一部が新札で、警察がその番号を公表してる。これ、ジャスト当たりだから。」

私たちは顔を見合わせ、直後、先を争うように口を開いた。

「10年前って、俺たち、まだ3歳じゃん。」

「よく覚えてんな、美門。」

「その記憶力が、全教科で稼げる秘訣かもしんない。」

でも若武の態度は、とっても情けなかった。

翼にすがりつかんばかりにして、こう言ったんだ。

「間違いってこともあるだろ、な、あるよな、記憶違いもあるって、言ってくれ。」

翼は、眉を上げる。

「俺、1度覚えたことって忘れないし、間違わないから。」

すごい！

「そんなっ！　こんなにたくさんの金があるのに、すごく苦労して拾い集めたのに、1円の謝礼ももらえないなんて、そんなの、ありかっ!?」

私は、黒木君に目を向けた。

「盗まれたお金だと、拾っても、お礼もらえないの？」

黒木君は、苦笑する。

「法律は、若武先生の専門だろ。」

皆が、いっせいに若武を見た。

若武は、しかたなさそうにつぶやく。

「拾って謝礼がもらえるのは、遺失物だけ。遺失物法によって、そう決められてるんだ。遺失物というのは、所有者が落としたり忘れたりした物のこと。盗品は、遺失物には該当しない。だから遺失物法に基づく謝礼も発生しないんだ。」

そっか。

考えてみれば、落としたのと、盗まれたのじゃ全然違うものね。

「若武先生、あきらめろ。」

上杉君がそう言ったけれど、若武はすっかり元気を失い、その場に座りこんでしまった。

KZ探偵事務所設立の夢が破れたショックは、かなり大きいみたいだった。

「そんなにがっかりすること、ないよ。」

黒木君が、からかうような笑みを浮かべる。

「だってさ、これは若武先生が大好きな、事件じゃないか。しかもデカいぜ。」

若武は、はっとしたように顔を上げた。

そして一気に活気づき、すっくと立ち上がったんだ。

「そうだ、10年間も犯人が捕まらず、もうすぐ時効が成立する3億円の強奪、これこそデカい事件だ。我々KZは、これを解決するぞ。未解決事件の真犯人を捕まえた中学生探偵団として、新聞やテレビでメチャクチャ注目されるんだ。」

ああ、いつものパターンだぁ・・・。

6 トイレですること

「取りあえず、秀明に行かない？」

翼にそう言われるまで、私は秀明のことなんてまるで忘れていた。

私だけじゃなくて、若武も上杉君も、そうだったみたい。

「げっ、もう遅刻じゃん！　どうすんだよっ!?」

あせる上杉君の肩を、黒木君がなだめるようにたたいた。

「さっき家に帰った時、手を打っといたから。」

私は、ほっと息をつく。

きっと大人の知り合いに連絡して、遅れるって電話を入れておいてくれたんだ。

「じゃ、休み時間にカフェテリアに集合だ。」

すっかり元気を取り戻した若武が、皆を見まわす。

「誰か、小塚に連絡しとけよ。」

上杉君がうなずいた。

「この金、どうすんの。」

黒木君に聞かれて、若武はちょっと憂鬱そうにキャリーバッグを見下ろす。

「しばらく手元に置いとこう。調査に必要になるかもしれないから、俺が持ってる。」

私は心配になった。

若武が、大金横領の罪とかで逮捕されるんじゃないかと思って。

「持ってても、大丈夫なの？」

若武は、軽くうなずく。

「一時的に手元に置くのは、合法の範囲内。使いさえしなければ、オッケイなんだ。調査が終わったら届けるから。」

そう言って自分の自転車にキャリーバッグを積み、片手で押さえてこちらを振り返った。

「このまま秀明に行くのは、まずい。自転車は、駅の駐輪場に置こう。」

私たちは、くすっと笑って顔を見合わせた。

「消えた自転車は知っている」の中での事件を思い出したんだ。

あの時、若武の自転車は、散々な目にあったからね。

「じゃ諸君、休み時間に会おう。」

先に立って漕ぎ出す若武の後について、皆が自転車を走らせ、駅を経由して秀明に飛びこんだ。

もう授業は始まっていたけれど、事務の人に言うと、教室までついてきて、後ろのドアから入れてくれた。

私は、ドアの近くの席に座って、秀明バッグからテキストを出した。

脳裏には、まだあの大金の画像がドーンと根を張っていて、なかなか消えない。

自分の気持ちを授業に向けるのに、ちょっと苦労した。

でもいったん集中すると、今度はその他のことを忘れてしまって、休み時間のチャイムが鳴っても、よく理解できなかった所の解釈に夢中になっていた。

途中で、はっと思い出し、あわててカバンの中から探偵チームKZ事件ノートを出してカフェテリアに向かったんだ。

「遅っ！」

ドアを開けたとたんに、若武の声が飛んできた。

「記録係が来ないんじゃ、始めらんないだろーが。」

にらまれて、私はあわてて、皆が座っているテーブルに駆け寄る。

「ごめんね。事件名は、『迷宮入り3億円強奪事件』でいい？」

事件ノートを広げながらそう言うと、若武は急にニンマリした。

「お、いいじゃん。」

たぶん迷宮入りとか、3億円とか、強奪とか、派手な部分が気に入ったんだと思う。

「事件が発生したのは、今日の夕方。」

私は、さっき起こったことを頭の中で急いで整理しながら、ノートに鉛筆を走らせつつ、それを読み上げた。

自分のせいで遅れた分を取り戻さなくっちゃならないと思って、頑張ったんだ。

「場所は、花野の交差点。突然、1万円札が大量に降ってきて、」

そこまで言って、大量なんていう曖昧な表現ではまずいと思い、顔を上げて若武を見た。

「全部でいくらあったのか、後で数えて報告してよ。」

若武は、偉そうに椅子にふんぞり返る。

「もう数えた。全部で1億1千万だ。」

すごい、大金っ！

「こいつったら、」

上杉君が、まいったといったようにテーブルに両肘をつき、頭を抱える。

「授業フケて、多目的トイレのデカい個室にキャリー持ちこんで、金、数えてたんだぜ。そしたら、そこを使おうとして講師の村上がやってきてさ、さっさと出ろ、ちょっと待ての大喧嘩だよ。そこら中に声が響き渡ってさ、事務の職員が飛んできて、もうちょっとで理事まで出てくるところだったんだ。」

ああ、バカ武・・・。

「俺のせいじゃないよ。」

若武は、心外だといったようにテーブルに拳をついた。

「金数えてる最中に、ドアをどんどんたたかれたり、返事を求められたりしたら、計算狂うじゃん。おとなしく待っててくれれば、さっさと終わったのにさ。村上って、堪え性がないよ。」

上杉君がムクッと体を起こし、手を伸ばして若武の頭をこづく。

「おまえが悪いだろっ！　トイレは、金数えるとこじゃねーよ。」

でも、そのおかげで正確な金額がわかって、私はとても満足に思いながら先を続けた。

「1億1千万の新札が降ってきた。この新札は、印刷されていた番号によって、10年前に盗まれたものと判明。」

翼が手を上げ、私の言葉をさえぎる。

「さっき確かめてみたんだけど、強奪があった10年前、警察が番号を公表した新札の合計金額は、ちょうど1億1千万だったよ。」

私は、さっそくノートにそう書いた。

つまり、あの交差点で舞っていたのは全部、その時に盗まれた1万円札なんだ。

「あのさ。」

小塚君が不思議そうに口を開く。

「今度の事件、タイトルに3億円がついてるってことは、盗まれた総額が3億ってことだよね。それで今日、皆がゲットしたのが新札で1億1千万。残りの1億9千万は？」

黒木君が、腕を組みながら背もたれに寄りかかった。

「新札の1億1千万については、番号が公表されているから、使えばすぐ足がついて逮捕される。だからこれまで使えなかったってことだよ。残りの1億9千万は、新札じゃなく、番号もわからず公表もされてない。つまり使ってもバレない金だったんだ。事件が起こったのは10年近く前だから、おそらくもう使われて残ってないんじゃないかな。」

私は、その発言を、by黒木として書き留めた。

「わからないのは、」

上杉君が、縁のないメガネの真ん中に中指を当てて押し上げる。

きれいな指の影がその顔に落ちて、とても知的に見えた。

「10年近くも隠しておいたそのヤバい金を、なんで今頃、外に出す気になったのかってことだよ。もうちょっと待てば、時効なのにさ。」

書きながら私は、時効という言葉の後ろに、こうつけ加えた。

この場合の時効とは、犯罪が成立して一定期間が経ち、犯人を逮捕できなくなること。

「しかもバラ撒くなんて、おかしくね？」

ん、これって、この事件の大きな特徴だよね。

「金を運んでた人間が、階段とかで滑ったり、つまずいたりしてさ、」

若武が、勢いよくしゃべる。

「その拍子に、金が入っていたケースが手から離れて、空中で蓋が開いて、バラバラになって落ちてきたとか、あるか？」

皆がいっせいに、きっぱりと首を横に振った。

もちろん、私も。

「それ、どーゆー世界だよ、2次元か？」

上杉君が、冷たい目で若武を見る。

「そういう設定なら、おかしいだろ。」ケースも一緒に落ちてこなかったら、おかしいだろ。」

確かに。

「それに帯封が1枚もなかったよ。」

翼がつけ加える。

「これは新札なんだから、100枚ずつ束になって帯封で綴じられていたはずだ。1億1千万なら、110枚の帯封があるはずなのに、それが1枚も落ちてない。若武の説は成立しないと思うよ。」

若武は、ぷっとふくれて翼をにらんだ。

「犯人が、保管してる間に帯封を取ったのかもしれないじゃん。」

またも皆が、いっせいに首を横に振る。

「保管するつもりなら、帯封は取らないだろ。」

黒木君が、なだめるような目で若武を見つめた。

「その方がまとまっているから扱いやすい。取るとすれば、使う時か、あるいはバラ撒く時だ。よって若武の説は、」

皆がいっせいに口をそろえる。

「成立しないっ！」

若武はくやしそうにうめき、自分の間違いを挽回しようとしてか、急いで口を開いた。

「俺たちが見た時さ、」

そう言いながら、空中に指を立ててクルクルと回す。

「新札は、空を舞ってたじゃん。」

切り換えがものすごく早いのは、若武の特徴。

それでいつも、引きこまれてしまうんだ。

「下から投げ上げたか、上から落としたか、どっちかだと思うけど、あの交差点には俺たちしかいなかったぜ。誰が、どこからやったんだ？」

うん、これも重要なポイントだよね。

「場所なら、特定できるよ。」

そう言ったのは、小塚君だった。

「黒木、タブレット持ってるだろ。交差点の地図、引っぱってくれる？」

黒木君が、椅子の背もたれから体を起こす。

KZスタジャンのジッパーを下ろし、片手で前身ごろを開くと、肩から斜めに吊っている赤い革帯がチラッと見えた。

脇の下の部分から、ホルスターが下がっている。

ホルスターって、拳銃ケースのこと。

よく映画やドラマで、スパイが身につけている。

黒木君は、そこに薄いタブレットを入れていたんだ。

抜き取って、私たちの前に置く。

スマホの4倍くらいの大きさの画面で、黒くて細い枠がとてもスマートだった。

若武が目を見張る。

「お、すげぇ、新型じゃんっ！」

上杉君も、鋭いその目をうらやましそうに潤ませた。

「後で貸してくれ。」

黒木君はうなずきながら、ポケットからタブレット用の黒いペンを出す。

細くて長い指に、それをからめて作業を始めた。

小塚君も、熱心に自分のスマホと向き合って、あれこれ入力している。

私たちは、ただ見守るのみ。

やがて小塚君が言った。

「よし、出た。黒木、そっちは？」

黒木君は、手にしていたタブレットから顔を上げ、それをテーブルに置くと、私たち皆に見える位置に移動させた。

「これでいいかな。」

タブレットの画面には、あの花野の交差点と、その周辺地図が出ていた。

空き地や建物には全部、所有者の名前が書きこまれている。

交差点の四つ辻に面しているのは、空き地とコンビニ、それに畑や小さな墓地だった。

小塚君はうなずき、私たちを見まわした。

「新札は、この地図のどのあたりに、どのくらい落ちてたのか、描きこんでみて。」

私たちは、自分の拾った場所と枚数を、一生懸命思い出そうとした。

「正確でなくても、いいよ。この場所で少しとか、この場所でたくさんとか、ね。」

でも5人がそれぞれに地図に描きこんだら、ぐちゃぐちゃで見にくくなりそうだった。

思い違いも出てくるかもしれないし。

下書きを作った方がよさそう。

私は、事件ノートのページを切って皆に配り、1人1人に自分の拾った場所と、だいたいの枚数を書いてもらった。

その後、皆の意見を擦り合わせて間違いがないかどうかを確認し、正確なものを1枚の図にしたんだ。

それを若武が、黒木君のタブレットに点々で描きこんだ。

そうして見ると、新札が落ちていた場所は、交差点の東側から南側に集中していることがはっきりとわかった。

それを見ながら小塚君は、上杉君に自分のスマホを差し出す。

「風の内圧と外圧、出せる？　瞬間最大風速とかの数値や、必要な係数はそろってるけど。」

上杉君は、ちらっとそれに視線を流し、自分の携帯を出して計算を始めた。

「だいたいでいいなら、いける。」

私のすぐ隣だったので、のぞいてみたけれど、すごく難しい分数だった。

そもそも私には、これがなぜ場所の特定につながるのかということ自体がわかっていなかったものだから、頭の中はいっそう混乱するばかりだった。

「出た。」

上杉君が携帯から目を上げる。

「内圧と外圧に、大した差はないな。」

そう言いながら小塚君に、自分の携帯を見せた。

小塚君はそれを確認してから、スマホに視線を落として読み上げる。

「今日の夕方の風速は、8メートル前後。風力は4、風向は北西だ。風向って、10分単位で表すんだけど、今日は午後4時くらいから6時くらいまでずっと北西の風だったみたい。」

はぁ・・・。

「風は、こう吹いていた。」

小塚君はペンを取り、交差点の上に、矢印で風の向きを描き入れる。

その矢印は、若武の描いた点々に向かっていた。

「新札が落ちた地点が、ここ。となると新札をバラ撒いた地点は、」

そう言いながら矢印の根っこの部分、つまり交差点の左上あたりを大きな丸で囲んだ。

「この円の中のどこかだよ。」

そこには、空き地と畑が広がっていた。

所々には貸し倉庫や2階建てアパート、一戸建ての家もある。

「新札は、皆の頭の上から降ってきたんだろ。でも上杉の計算によれば、夕方吹いていた風には、物を巻き上げるだけの力はない。つまり地上から投げ上げた大量の札が、風に乗って舞い上がるというケースはありえないってこと。おそらく札は、どこか高い所からバラ撒かれて、風に運ばれたんだ。この円の中で、高い建造物を探してみると、」

指をすっと移動させていき、1軒の建物の上で止める。

「1番は、ここだ。」

それは白川ビルと書かれた建物で、円の中では最も高い5階建て、屋上付きだった。

その次の高さとなると、2階建てのアパートや一軒家で、屋上はない。

「このビルの屋上から新札を撒いたとしたら、このあたりに、こんな感じで広がるはずだよ。」

ぼんやりとしていた私の頭に、白川ビルの名前がくっきりと刻まれた。

「おお小塚調査員、ナイス切れ味じゃん。」

若武がうれしそうな声を上げ、私たちを見まわした。

「今日の授業が終わったら、秀明前で集合だ。取りあえず白川ビルに行って現地調査をして証拠を見つけよう。もし何も見つからなかったら、また次の手を考える。じゃ、いったん解散。」

7 つらくてもいい！

KZの活動をしていて、私がいつも困るのは、2つのことだった。

1つは、家に帰るのが遅くなること。

たいてい黒木君が、何とかしてくれるんだけれど、私としては、できるだけ遅くならない方がよかった。

でもその日は、花野の交差点の近くの白川ビルに行ってみるだけだったから、それほど時間がかからないと思ってほっとしていたんだ。

それからもう1つの問題は、秀明前での集合。

KZメンバーの若武と上杉君、黒木君、それに翼がシャリの小塚君と一緒にいたら、それだけですごい騒ぎになるし、そこに私が合流したら、もう手がつけられないほどひどいことになるのが目に見えていた。

そこで私は、一計を案じ、秀明の公衆電話から翼の携帯にかけたんだ。

「私、今日は早く終わりそうだから、先に行ってる。現地で落ち合おうって皆に言っといて。」

翼は、即、オーケイ。

世間の目をかいくぐることができて、私は、胸をなで下ろした。

それで授業が終わると、1人で花野の交差点まで行ったんだ。

まだ誰もいなくて暇だったので、交差点から小塚君が円を描いたあたりに向かって進んでみた。

もうすっかり暗かったけれど、街灯がかなり明るく、交差点からさほど離れない所に白川ビルという袖看板のついた建物があるのが見えた。

屋上には、茶褐色のフェンスがついている。

1億1千万は、あそこからバラ撒かれたのかもしれない。

それは、犯人があの屋上に立っていたということだった。

私は、今でも犯人がそこにいて、こっちを見おろしているかのような気がして、心臓がドキドキした。

そのとたん、肩に手が乗ったものだから、反射的に悲鳴を上げかけ、直後、誰かの大きな胸の中に抱えこまれた。

「しっ！」

頭の上の方から、黒木君の声がする。

「お静かに、アーヤ。」

やさしい息が耳に触れて、私はそれまでより、もっとドキンドキンした。

「これから調査だよ。向こうに気づかれたら困るんだ。おとなしくして。」

私はあわててうなずき、その腕の中から解放してもらった、ふぅ・・・。

ブレーキの音が上がり、コンクリートにジャッとタイヤをこすりつけながら皆が次々と私の脇に自転車を停める。

「あそこだな。」

脚を回して真っ先に飛び下りた若武が、前カゴに入れてあったキャリーバッグを下ろし、肩に担ぎあげてビルの出入り口に駆け寄っていった。

「店舗併用ビルみたいだぜ。」

私たちも、その後ろに続いてドアへの短い階段を上がる。

透明なそのドアを押して中に入ると、左手に郵便受けが並んでいた。

右手は通路、その奥に管理人室があって、管理人がいる曜日と時間の表が貼ってある。

今日は、不在だった。

白川ビル

さらに奥には、階段とエレベーターが見える。

郵便受けに表示されている名前は、1階に飯田工務店と桜薬局とカフェ・モンド、2階に桜歯科と野村皮膚科、3階から上は住居部分らしくて個人の名前が出ていた。

「上ってみよう。」

若武が奥に入っていき、階段を上る音がカツンカツンと響き始める。

私たちも後を追った。

ところが階段は、5階までしかなかったんだ。

エレベーターも見たけれど、これも5階までだった。

「どっかに屋上に上る階段があるはずだ。探せ。」

若武の指示で、私たちはあちこちに分かれて捜索を開始。

「こっちだ。」

やがて上杉君が廊下の隅にあった非常用扉を見つけた。

若武がノブをつかみ、そっと回す。

扉は、ギッと低い音を立てて開いた。

冷たい風が吹きこんでくる。

その向こうは、建築現場にある足場みたいな、鉄骨がむき出しになった階段だった。

見下ろせば、下は地面まで続いていて、見上げれば、上は屋上の方に伸びている。

明かりは、所々にスポット的についているだけで、全体がかなり暗かった。

「行くぞ。」

若武と黒木君が先に出ていき、その後に続こうとした上杉君が、ふっと私を見た。

「おまえ、ここにいてもいいぞ。」

そう言い捨てて、カツンカツンと上っていく。

何だかくやしかったので、私は、そのすぐ後ろについていったけれど、そんな自分のことを、かわいくないなって思った。

どうして私は、ありがとって言って、おとなしく待っていられないんだろう。

その方が、自分だって楽なのに。

その道を選ばないのは・・・たぶん仲間として認められたいからだ。

私が望んでいるのは、女の子としてかばわれて楽をすることじゃない。

つらくても恐くてもいいから、皆と同じことをして、仲間として認められることなんだ。

それを堂々と主張してもいいはずなのに、私は、そう思う自分をかわいくないなんて感じて、イジけた気持ちになっている。

どうしてだろう。

自分で、自分がいらだたしかった。

「美門、先に行ってよ。」

後ろで小塚君が、翼と話しているのが聞こえる。

「もしアーヤが落ちてきた時、僕じゃ、とっさにどうしていいのかわからないからさ。」

それで私のすぐ後ろに、翼がついてきたんだ。

ふん、落ちるものか。

私はそう思い、万が一、階段を踏み外しても手で体を支えるつもりで、手すりを握りしめて1段1段上っていった。

後ろから翼の声がする。

「ゆっくりでいいよ。」

そう長い距離じゃなかったけれど、屋上に出た時には、肩の力が抜けてほっとした。

そこは、わりと広く、私たち以外に誰もいなかった。

「ここから撒いたとすると、」

上杉君がフェンスの上端に両手を伸ばし、握りしめる。

それは、ちょうど上杉君の肩より少し上にあった。

「この上から投げたんだろうけれど、間違ってやったってセンは、ほぼないな。ここまで上ってくること自体、意志が必要だし、このフェンスの高さじゃ偶然に落とすこともありえない。」

若武が、翼を振り返る。

「美門さぁ、このフェンスの臭いから手がかり見つけられないか。」

それで翼が、フェンスを全部グルッと、嗅いで回ることになったんだ。

私は手伝いたかったけれど、これは翼だけの特殊能力だから、どうすることもできなかった。

でも始めて少しすると、翼が私を呼んだ。

「臭いが多すぎて、覚えてられない。俺が言うこと、メモっていってくんない?」

それで私は、フェンスに沿って移動する翼のそばにくっついて、嗅ぎ取った臭いを全部メモしていった。

どこにどんな臭いがついていたのかについて、後で聞かれてもすぐわかるように、屋上のフェンスの支柱の数を数え、それを図にして、その1本1本に翼が言った臭いを書きこんでいったんだ。

「ここは錆の臭い。新しい塗料の臭い。このあたりからビニールの臭い。丸くついてるから、たぶん子供がビニールボールで遊んでて、それがぶつかったんだと思う。えっと、ここはウールの生地の臭い。誰かが寄りかかったみたい。」

ノートは、あっという間に埋まっていった。

私は、翼がいつもどれほどたくさんの臭いに囲まれているのかを、思い知らされるような気がした。

四六時中、いろんな所からいろんな臭いが押し寄せてきていたら、気が安まる間もないだろう。

これまで私は、どんなことでも鈍いより鋭い方がいいと考えていたけれど、臭いに関しては、そうじゃないかもしれない。

翼に同情しながら私は、小塚君が特殊マスクを作ってくれて、本当によかったと思った。それをかけていれば、翼も、普通の生活を送れるんだものね。

「あ！」

翼が突然、フェンスの支柱の1本に、鼻を押し付ける。

何度も念入りに臭いを嗅いでいて、やがて皆の方に向き直った。

「新札を拾った時、中に妙な匂いのする札があったんだけど、ここから同じ匂いがする。」

私たちは、色めき立った。

なんといっても、それは初めての手がかりだったから。

それだけじゃない。

それによって、犯人が新札を撒いたのがこのビルからだってことが、はっきりと証明できるんだもの。

「よし、盗難にあった金の内の1億1千万の新札がバラ撒かれた現場は、ここだと認定する。」

若武が、いかにも重々しく宣言した。

「美門、何の匂いか、わかるか。」

若武に聞かれて、翼はまたも支柱を嗅ぎ始める。

そうしながら自分の頭の中で、それが何なのかを探っている様子だった。

目をつぶって一心に模索し、やがてきっぱりと断言する。

「これはクッキー、ココナッツ入りのクッキーの匂いだ。」

はっ!?

8 大いなる謎

「しかも市販品じゃない。手作りだ。」

若武が、きれいなその目をパチパチさせる。

「どうしてわかるんだ。」

翼は、親指で鼻の先をこすった。

「市販品のほとんどに使われている膨張剤や乳化剤、特にショートニングが入ってない。家庭で作ったんだ。」

私たちは顔を見合わせ、そして笑い出してしまった。

だって手作りのココナッツクッキーなんて、あんまりにも平和で、強盗犯人とかけ離れた感じだったから。

「何、笑ってんだ。」

若武が、私たちをにらんだ。

「強盗だってメシ食うし、トイレにも行く。クッキーだって食べるだろ。美門が苦労してつかんだ手がかりを笑うな。」

確かに、その通りだった。

私たちがシュンとしていると、翼が気にして、わざと元気のいい声を上げた。

「クッキーの匂いは、この支柱についてる。犯人は、ここをつかんだんだと思う。」

翼の指が示していたのは、フェンスの支柱の下の方、私たちの腿の中央あたりの部分だった。

私は、急いでそれを事件ノートに書きこんだ。

「おかしくね？」

上杉君が腑に落ちないといったように、眉根を寄せる。

「金をバラ撒くんだったら、フェンスの上からだろ。そんな低いとこ、何のためにつかむ必要があるんだよ。」

ん、そうだよね。

「記録係、記録しろ。それは、大いなる謎だ。」

気取った言い方をした若武を、上杉君がにらむ。

「カッコつけんじゃねーよ。」

その隣で、私は、一心に記録をつけた。

犯人は、手作りココナッツクッキーを食べた手で、新札に触っている。

そして、同じ手でフェンスの支柱をつかんでいるが、なぜ下方をつかんだのかは、不明。

「匂いがついてた新札のナンバー、覚えてる？」

小塚君に聞かれて、翼は、ずらっとナンバーを並べた。

小塚君はそれをスマホに記憶させ、私は必死でノートに書きつける。

「新札そのものの臭いが、この屋上のどこかについてない？」

黒木君が質問し、翼はそれに答えるためにまた嗅ぎ始めて、フェンス全部を嗅ぎ終わり、さらに床まで嗅ぎ回った。

私は、そんな翼の後ろにピッタリとついて歩いて、その言葉を全部、記録したんだ。

「新札の臭いは、どこにもついてない。」

そう言いながら翼は、私を見る。

「古い革と、金属の臭いがついてたとこがあったと思うけど、それ、皆に説明して。」

私は、持っていた事件ノートのメモに目を通し、確認してから、ココナッツクッキーの匂いのついていたフェンスのすぐそばの床を指した。

「ここに、古い革と金属の臭いがついている、それと同じ臭いが、」

図を見ながら、今度はフェンスの上端を指す。

「フェンスのこの部分にも、ついている。」

それは位置的に考えて、とても怪しいものだった。

この事件と、かなり関係がありそう。

でも古い革と金属って、いったい何だろう。

「ボストンバッグじゃないかな。」

黒木君が言うと、若武がパチンと指を鳴らした。

「決まり！　革のボストンバッグで、底に金属の脚がついてる奴があるよな。あれだ。」

そうかっ！

「おそらくそれに新札を入れて、この屋上まで運んできて、いったん床に置いて蓋を開け、それから持ち上げてフェンスの上端に置き、そこで一気に逆さにした。」

それなら新札の臭いは、どこにもつかないよね。

私は、それらを素早くノートに記録し、その根拠として、「美門調査員の鼻」と書いておいた。

「作業を分担しよう。」

若武が、皆を見まわす。

「3つのグループに分ける。第1グループは、今日、ここから金をバラ撒いた人間を突きとめる。これは、美門とアーヤ。一緒の学校だから、連絡取って動きやすいだろ。」

私は、翼と顔を見合わせ、うなずき合った。

「第2グループは、10年前の3億円事件を調べる。これは人数が必要になるだろうから、黒木と上杉、それに俺。第3グループは、1億1千万分の新札の分析。これは小塚1人。わかったことは、その都度俺に報告してくれ。」

黒木君たち3人も、それぞれに了解した。

「じゃ引き上げだ。あまり長くいると、人目につく。帰るぞ。」

キャリーバッグを担いだ若武を先頭に、私たちは暗い階段を降りた。

ところが、下るのは、上るよりさらに恐いことだった。

上る時は、上を見ていればいいから気持ちが楽なんだけれど、下る時は、はるか下にある地面が全部見えてしまうんだもの。

足がすくむ思いだった。

私は全力で手すりを握りしめ、1段1段ゆっくりと降りた。

先頭は若武で、その次が小塚君、そして私、すぐ後ろに翼がいて、さらに後ろは上杉君、1番後ろが黒木君だった。

「小塚さぁ、この新札、今日持って帰ってくれる？」

そう言いながら若武が振り向いた時だった。

肩に担いでいたキャリーバッグが、すぐ後ろにいた小塚君を直撃したんだ。

それをよけようとして、小塚君はズリッと足を滑らせ、若武に衝突する。

背中に突き当たられた若武は、その反動で、持っていたキャリーバッグを放り出しそうになった。

「わっ！」

あわててキャリーバッグに飛びつき、それを抱えこみながら階段を踏み外す。

空中を落下して階段の曲がり角に激突、そのまま下まで転げ落ちた。

私は声も出せず、ただ目を見開いていた。

地面にたたきつけられた若武は、キャリーバッグを抱きしめて横倒しになったまま、動かない。

黒木君が、私の脇をすり抜けて駆け降りながら叫んだ。

「若武っ！　おい若武っ!!」

それで私も、はっと我に返り、上から降りてくる翼や上杉君と先を争うようにして階段を走り降りたんだ。

「おい若武、大丈夫か。」

黒木君が若武の脇にひざまずき、私たちはそれを取り囲んだ。

「救急車、呼ぶ？」

上杉君が携帯を出しながら言い、黒木君がうなずいた直後、若武がパチッと目を開けた。

「なんちゃって！」

いたずらっぽい笑みを浮かべて起き上がり、パンパンとズボンを払う。

「いやぁ、我ながらびっくりした。まさか落ちるなんて思わなかったからさ。」

何でもなさそうなその様子を見て、私は、心の底から大きな息をついた。

ああ、よかった！

「馬鹿野郎。」

上杉君が、若武の頭をこづく。

若武は、とっさに体を沈めて、それを避けた。

直後、ガクンと地面に膝をついたんだ。

小学生の時、膝カックンって遊びが流行ったけれど、ちょうどそれと同じで、突然、膝の後ろを突かれた時みたいに、カクンと膝が折れた。

若武は、自分でもびっくりしたみたいだった。

「あれ、どうしたんだ、俺。」

黒木君が、めずらしく真剣な表情で、若武をのぞきこむ。

「どっか、痛むか。」

若武は、軽く眉を上げた。

「多少は。」

そう言って乱れた髪をかき上げながら立ち上がり、非常階段を仰ぐ。

「これだけ落ちたんだから、少しは痛くなくっちゃ嘘だろ。でも、どうってことねーよ。」

若武は、そのあたりを歩いてみせた。

「ほら、な。」

まったく問題なさそうで、皆がほっと胸をなで下ろしたけれど、小塚君は、すっかりしょげこんでいて、私たちに背中を向けたままだった。

「僕がいけないんだ。僕が、足を滑らせたから。」

若武が近寄り、その肩に手をかけて強引にこちらを向かせた。

「おまえのせいじゃ全然ないだろ。俺が不注意だったからじゃん。キャリーのキャスターが、おまえの顔にブチ当たんなくてよかったよ。」

小塚君の額と自分の額を突き合わせ、その目を見つめて、微笑みを注ぎこむ。

「いろいろ言ってると、キリないからさ、やめようぜ。俺、何ともないし。それより新札の分析、急いでくれ。そのキャリー持って、すぐ帰れよ。」

なだめるように肩をたたかれて、小塚君は大きくうなずいた。

「わかった。」

地面にあったキャリーバッグを持ち上げ、自分の自転車の方に歩いていく。

それを見送りながら若武は、いつもみたいに両手をウエストに当てて胸を張り、私たちを見回した。

「これは、警察が10年間も追っていながら解決できない大事件だ。我ら探偵チームKZが犯人を見つければ、その名前は輝かしいものになる。我らが栄光のために、全力で当たってほしい。じゃ、ここで解散だ。もう遅いから、アーヤ、気をつけて帰れよ。美門、アーヤを送ってやれ。」

翼が私を見る。

「帰ろ。」

私はうなずいて、3人にちょっと手を上げ、狭い通路を歩いて、ビルの玄関前に出た。

そこに停めてあった自転車に乗りながら振り返ると、若武たちは、まだ出てこなかった。

何してんだろ。

そう考えながら、ふっと気づいたんだ。

今まで若武が誰かに、私を送ってやれなんて言ったこと、1度もなかったってことに。

若武は、そういう発想をしない。

だって、まだガキなんだもの。

それが急にそんなこと言うなんて・・・なんか、怪しい！

「行くよ。」

自転車にまたがった翼が、こちらを振り向く。

私は、足を地面に下ろした。

「3人とも、まだ出てこないよ。どうしたんだろ。戻ってみない？」

すると翼は、髪をサラッと乱して首を横に振った。

「だめでしょ。」

切り落とすような、すごく厳しい口調だった。

いつもの翼らしくなかったから、私はびっくり！

言葉を失っていると、翼は、ふっと笑った。

「あの３人は、俺たちに、帰ってほしいんだよ。」

え？

「ほら、そこで上杉先生が、俺たちの様子を見てるだろ。」

私が振り向くのと、玄関脇の低木の茂みがザッと揺れるのが、同時だった。

緋色のスタジャンが、あわてて遠ざかっていく。

「なんでっ!?」

私が聞くと、翼はわからないといったように肩をすくめ、私の前まで自転車を押してきた。

「わかるのは、」

ハンドルに両腕を置き、私の方に身を乗り出す。

「とにかく３人だけになりたいっていうことだけだよ。」

そんなっ！

「俺たち、仲間だろ。」

私は、そうだよと言いたい気持ちで、首振り人形みたいに何度もうなずいた。

仲間なのに、私たちだけ帰すなんてひどいと思ったんだ。

「だったら、おとなしく帰ろうぜ。」

はっ⁉

「若武たちは、俺たちに帰ってほしいんだよ。何かがあるんだろうけれど、隠しておきたいんだ。仲間だったら、その気持ちを理解して、ここは黙って帰ってやればいいんじゃない？」

そう言いながら翼は、凛としたその目に笑みを浮かべた。

「そのうち理由がわかるだろうし、それはきっと俺たちを裏切るものじゃないはずだよ。だって仲間なんだもの。」

その微笑みが、まるで小波みたいに私の方に押し寄せてきて、胸を揺すった。

私はジーンとし、翼は、すごく温かくてやさしいんだなぁと思った。

「そっか。じゃ帰ろ。」

自転車のペダルに足を載せ、グイッとこぎ出す。

温かく、やさしい見方ができるのは、翼の心に幅があって豊かだからだ。

私も、そういうふうになりたいなぁ。

「翼、いい子だよね。」

そうつぶやいたとたん、後ろで翼が急ブレーキっ！

私は驚き、何かあったのかもしれないと思って、急いで自転車を止めた。

「今、おまえ、」

呆然とした顔で、翼はこちらを見ている。

「俺のこと、名前で呼んだ・・・」

わっ、ついっ！

「ごめんっ！」

赤くなって私がうつむくと、その脇を、翼の自転車がスイッと通りすぎていった。

微笑みを含んだ言葉を残して。

「いいけど、俺にも名前で呼ばせろよ。」

9 驚きの犯人像

ま、いいよね、若武だって小塚君だって、黒木君だって、私のことは名前で呼ぶんだもの。

翼が呼んでもおかしくない。

それより、翼から名前で呼んでもいいって言われたのがすごくうれしくて、その夜、私は、とてもご機嫌だった。

翼との距離が、いっそう縮まったように思えたから。

私たちは、同志だもんね！

心を合わせてKZを守り立てて、未来につないでいくんだ。

寝る前に、私は机の引き出しを開け、そこにしまってあったラベンダーの栞を出した。

先月、ポプリのお店で見つけて、買った物。

ラベンダーは、「赤い仮面は知っている」で経験した初恋の香りだった。

それを吸いこみながら、私は、海の向こうにいるシュン・サクライ氏に報告した。

仲間たちと一緒に、頑張っていますって！

「彩、まだ起きてる!?」

階段の下から、ママの声がする。

「小塚君から電話だけど、どうする？　出ない？」

私はあわててドアを開け、部屋から飛び出した。

「あまり夜遅くにかけてこないように、言っといてよね。」

不機嫌なママをなだめるために、畏まった返事をし、まじめな顔で見送り、ダイニングのドアが閉まるのを確認してから、受話器を取った。

「はい、代わりました。」

受話口から、小塚君の心配そうな声が聞こえてくる。

「若武、あの後、どうだった？」

1番先に帰ったから、その後のことを気にしているみたいだった。

「私も、すぐ帰ったんだ。でも普通にしてたから、大丈夫だと思うよ。」

そう言いながら、はっとした。

もしかして、大丈夫じゃなかったのかもしれない、急にそんな気がしたから。

若武の怪我は、ひどいのかもしれない。

胸の中に暗い雲が広がるような気分だった。

あの場から帰されたのは、3人。

小塚君と、私と、翼。

それぞれに別の理由だったけれど、でも共通していることがある。

小塚君は、自分のせいだって気にしていたし、私は、皆から見れば女の子だから、かばわなくちゃいけないって思ってるだろうし、そして翼は、次のKZ技能検定で、若武と争う立場だった。

若武の怪我が重いことがわかれば、小塚君は悩むし、私はショックを受けるし、翼も正面切って争う気をなくすだろう。

それを隠すために、私たち3人は、先に帰されたんじゃないだろうか。

きっと、そうだ！

黒木君も上杉君もKZで、怪我には慣れているだろうから、若武の様子を見ればすぐ、どんな具合なのか見当がつくはずだ。

翼も、知っていたのかもしれない。

だけど若武たちが隠そうとしているから、知らないふりをしてみせたんだ。

「そう、だったらいいけれど。」

小塚君の返事に、私はあわてて言い直そうとし、その言葉を呑みこんだ。

翼が言っていたことを思い出したから。

それで、自分なりの言葉に換えて小塚君に伝えたんだ。

「きっと今に、本人がはっきりしたことを話すと思うよ。それまであまり心配しないで、KZの活動を頑張ろうよ。」

私はその時、自分自身にもそう言いきかせていたのだった。

「そうだね。わかった。ありがと。」

小塚君はちょっと息をつき、電話の向こうでカチッと、パソコンのマウスの音をさせた。

「電話したのは、新札の分析結果が出たからだよ。まだ一部分だけだけれど、すごい発見があった。」

私は、コクンと息を呑む。

「ココナッツクッキーの匂いのついた新札から、指紋が取れたんだ。」

すごいっ！

「美門が言ってた番号の新札、その全部に同じ指紋がついてたよ。」

それは、1億1千万をバラ撒いた人間の指紋がはっきりしたってことだった。

その人間が、3億円を盗んだ強盗本人である可能性も高い。

私は、小塚君に拍手を送りたいような気持ちになった。

きっと若武が喜ぶよ。

そう思いながら、ひどい傷を負っているのかもしれない若武のことを想像した。

ベッドでうめいているとしても、これを聞いたら、元気を出してくれるに違いない。

「でも、変なんだ。」

え？

「その指紋、小さいんだよ。」

はっ⁉

「つまり幼児の指紋だってこと。指のサイズから見て、4、5歳かな。」

私は、愕然とした。

「3億円を盗んだ強盗は、幼児だったのっ⁉」

10 死体か、お姫様か⁉

小塚君は困ったような声になった。

「それは、ないと思うけど。」

そうだよねぇ・・・。

「強盗はともかく、バラ撒いたのは、幼児に間違いないと思う。幼児だったら、ココナッツクッキーを食べた後、手を洗わないってこともありうるし、フェンスのあの位置につかまっても、おかしくないよ。」

それは、確かにその通りだった。

そう考えれば、若武の言っていた大いなる謎も、解けることになる。

だけど、だけどね！

あれは、盗まれたお金で、番号が公表されているものでしょ。

そんなのが、その辺においてあるはずもないし、ましてや子供がバラ撒くなんて、それを大人が止めないなんて、考えられない。

驚きと疑問が頭の中をグルグル回って、私は言葉が見つからなかった。

「でもね。」

小塚君の声が、重くなる。

「そう考えると、矛盾が出てくるんだ。僕らの推理では、フェンスの上から金をバラ撒いたってことになってるだろ。」

ん、ボストンバッグの臭いがついてたからだよ。

「だけど幼児だと、手がフェンスの上に届かないと思うし、だいたいボストンに入った1億1千万なんて、重すぎて持ち上げられないよ。」

う〜ん、確かに。

私たちは行き詰まり、一緒に溜め息をついた。

今ある情報だけでは、これ以上、考えようもない。

とにかく調査を続けて、新しい手がかりを見つけるしかなかった。

翼に報告して、明日からの方針を立てなくちゃ。

「私たち第1グループは、明日から行動を開始するつもり。お互いに頑張ろ。」

そう言うと、小塚君は少し元気な声になった。

「僕も引き続き、残りの指紋を調べてみるよ。あの、悪いけど、このこと、アーヤから若武に伝えておいてくれる？」

それは、今までに1度もないことだった。

私が戸惑っていると、小塚君はちょっと笑った。

「実は僕、しばらく若武から離れていたいんだ。」

え？

「あれは、やっぱり僕の過失だと思う。でも心の整理がまだつかなくって。この状態で若武と2人で話したりすると、今日みたいに若武のやさしさに呑みこまれて、つい甘えると思う。それを避けたいからさ。」

いつもおっとりとしている小塚君の、意外な潔癖さ、自分を見つめる厳しい目に、私は驚き、感心もした。

「わかった。伝えておくからね。」

そう言って、小塚君のありがとうを聞いてから電話を切った。

自分に厳しく、仲間に甘えない。

そういう心構えでいる人間だけが、人にやさしくできるし、仲間を甘えさせられるんだ。

そんな1人1人がチームを作ったら、それは最強のチームになる。

KZは、そうなるべきなんだ。

私も、頑張らないと！

大きく息を吸いこんで、私は自分の部屋に戻っていき、事件ノートを出した。

そこに、メンバーのプロフィールや情報を載せたページが作ってある。

私は、若武と翼の携帯電話の番号をメモに書き写し、もう1度下に降りていって、先に若武に電話をかけた。

出るだろうか。

出なかったら、すごく心配。

「はい、俺。」

若武は、ワンコールで出た。

「立花です。」

私がまだ言い終わらないうちに、電話の向こうで、ものすごい音が上がった。

何かがぶつかる音に、次々と小さな音が重なり、さらに大きな音が響く。

「どうしたのっ⁉」

思わず叫ぶと、若武のあせった声がした。

「いや、おまえからかかってくるなんて思わなかったから、びっくりして、点滴台、倒した。」

点滴台っ⁉

「それが洗面台に当たって、その上にあった小物が落ちて、で、点滴台が洗面台からさらに床に落下してさ。ちょっと待ってて。」

点滴台ってことは・・・病院なんだっ！

私は息を呑みながら、壁にかけてある時計を見上げた。

この時間に病院ってことは、まだ応急手当て中？　それとも入院？

ああ心配っ！

でも隠したがってることを、聞いたらいけないし。

そう思いながら、はっとした。

今、若武ってば、自分で点滴台って言ったよね。

隠してないじゃん、大丈夫だっ！

「お待たせ。」

若武が電話に戻ってくるのを待って、私は、息が乱れるほどの勢いで聞いた。

「点滴って、今、どこにいるの。どっか悪いの⁉」

若武は、しかたがなさそうな溜め息をつく。

「杉浦総合病院で、痛み止めの点滴中。故障は、膝。」

私は、若武がカクンと膝をついたことを思い出した。

「やっぱ落ちた時に、どっか痛めたんだよね。どうってことないなんて言って、私たち3人を追い返したりして。」

若武は、ブスッとした声になる。

「小塚に心配かけたくなかったんだよ。美門にも、技能検定で余計な気ぃ遣わせたくなかったしさ。アーヤには、」

そこでいったん言葉を切って、さもくやしそうに続けた。

「見られたくなかったんだ。」

へっ⁉

「あの後、すげぇカッコ悪いことになるのが、わかってたからさ。」

つまり、カッコつけたかっただけ？

「女にそんなとこ見られるくらいなら、俺、死を選ぶもん。」

私は、つくづくと思った、本当にどうしようもないカッコづけだって。

でも、まぁ若武の場合、カッコいい自分っていうのがアイデンティティで、かつ存在意義だからなぁ。

それが崩れるのは、死ぬよりつらいことなのかもしれない。

でも若武、その価値観、そろそろ変えた方が、人生、楽になるんじゃない？

「あの後、俺、黒木の肩に担がれて病院まで行ったんだぜ。歩けたんだけど、膝の中の方がどうなってるかわからないから、力をかけない方が安全だってことになってさ。肩に担がれて運ばれるなんて死体みたいでカッコ悪いって言ったら、上杉が、じゃ俺がお姫様ダッコをしてやるって言い出して、俺、究極の選択だったよ、死体か、お姫様か。」

そのシーンを想像して、私は笑い出しそうになった。

考えていたより、若武が元気そうだったので、気持ちがほぐれたせいもあってね。

「このまま入院して、明日、検査、明後日、退院だって。ああ、いらつく。１日でも、練習休みたくないのにさ。ＫＺ技能検定って、結構ハードル高いんだぜ。」

そうなんだ。

「でも突破しないと、トップ下に復帰できないからさ。次の県大会は絶対、トップ下で出たいんだ。その次は全国大会だし。あのさ、アーヤ、知ってる？」

そこで若武は言葉を切り、ちょっと戸惑いながら、それでも一気に、吐き出すように言った。

「俺の夢って、プロなんだぜ。イタリアかスペインのチームでプレーすること。おかしい？」

黙りこみ、私の様子をうかがっている。

私は、力をこめて答えた。

「全然おかしくなんかない。すごく若武らしいと思う。」

それは、本当のことだった。

だって若武は、少し前まで不動のトップ下と言われていた。

70人ものメンバーがいるKZの中で、圧倒的な力を見せていたんだ。

波が大きいっていう指摘もあったけれど、それは天才だからだって思われていた。

サッカーがうまい子や、努力している子は、たくさんいると思う。

でも天才は、なかなかいない。

若武は、その貴重な1人なんだ。

「ありがと。」

素直にそう言って若武は、電話の向こうで照れくさそうな笑いをもらした。

「前はあんまし意識してなかったんだけど、トップ下外されてから、考えるようになってさ。俺、やっぱ、すげぇサッカー好きだなぁって。プロになれたら最高だって思ったんだ。」

その声は、夢見るようにうっとりとしていて、とても楽しげだった。

きっとなれるよ！

私はそう言いたかったけれど、若武がどんどん話しているので、黙って聞いていた。

「俺たちと同い年で、もうスペインに渡ってる奴、いるんだぜ。トップクラスのサッカークラブFCバルセロナの下部組織に在籍してる久保田健人って、13歳だよ。プロを目指すんだったら、中1か中2が最適、中3じゃもう遅いって言われてるから。」

へぇ、プロスポーツの世界も、若年化が進んでるんだね。

「俺はやるっ！」

力んだその声を聞いて、私は微笑んだ。

そのくらい元気があれば、今回の怪我も、全然大丈夫そうに思えたから。

きっと、すぐ回復できるよ。

そう思いながら、小塚君からの情報を伝えた。

「おお、やったじゃん！」

若武は、ギッとベッドの音をさせる。

「小塚、すげえ！」

まったくいつもと同じ調子で、私はますます安心した。

「これから小塚に電話して、激励しとくよ。ついでに、怪我は大したことないって告白しとく。美門にもね。」

2人とも、ほっとするに違いないと思って、私は1人でニッコリした。

「私も翼に連絡して、第1グループとしての調査を進めるね。」

すると若武は口ごもり、少しして憂鬱そうな声を出した。

「おまえさぁ、今、美門のこと、名前で呼んだぞ。」

わっ！

「別にいいけどさ。」

いいって言いながら、絶対にそうじゃなさそうな雰囲気を漂わせていた。

若武は、秀明グラウンドで翼にからかわれて、そのままになってるから、すねてるのかもしれない。

私は、説明しようとした。

私と翼は、あの時、何に対してもKZを優先させるってことで合意に達したんだってことを。

ところが、そう言おうとしたとたん、

「じゃあな。」

若武は、プツリと電話を切ってしまったんだ。

私は、しばらく受話器を見つめていたけれど、しかたがないので、またの機会に話すことにして、今度は翼の携帯にかけた。

「なーに?」

もう遅い時間だったのに、翼は、結構ご機嫌で、小塚君からの情報に耳を傾けてくれた。

「へえ、それ、意外だよね。」

そう言って考えこんでいて、やがてパチンと指を鳴らす。

「じゃ明日は、取りあえず、その幼児を探してみるってことで、どう? あの時間に、ビルの屋上にいたってことは、同じビルの住居部分か、それとも近くに住んでるんだと思うよ。」

ん、きっとそうだね。

「明日は、秀明、夕方までだから、終わったら、あの交差点で会おう。」

そう言ってから、翼は軽く笑った。

「じゃ今夜は、お休み、アーヤ。」

その声が、あまりにも甘く耳に響いたので、私はちょっと赤くなり、自分も、翼、お休み、と言わなければならないのだろうかと考えた。

なんか恥ずかしい気がして、言うのがためらわれ、そのうちに翼がクスッと笑うのが聞こえて、電話が切れた。

私は、ほっとしたような、言い損なってくやしいような、とても中途半端な気分だった。

11 恐ろしい出会い

あくる日、私は秀明を終えて、いったん家に帰った。

花野の交差点に行くのに、自転車を使おうと思って。

でもママに見つかると、また出かけるのとか、何でとか、うるさく言われそうだったから、気づかれないようにそおっと入って、秀明バッグを置いて、そおっと出てくる予定だったんだ。

玄関前で私は立ち止まり、秀明バッグから事件ノートを出した。

それは、持っていかなくちゃならないものだったから。

そしてこっそり玄関のドアを開ける。

すると、廊下の向こうにあるトイレから出てくる奈子の姿が見えた。

「あ、お姉ちゃん、お帰り！」

しぃいいっ！

「いいもの、見せてあげる。」

トイレのドアを半ば開けたままで、私を手招きする。

奈子を黙らせるために、私はしかたなくそばまで行った。

「ねえ、見て見て。これ、ウンチの赤ちゃん。」

うっ！

「私が今、産んだんだよ。かわいいでしょ。ママにも見せよっと。」

ダイニングに入っていこうとする奈子を見て、私は超特急で2階に上がり、放り出すように秀明バッグを置いて、階段を駆け降りた。

玄関ドアに飛びつき、素早く開けて飛び出したとたん、背後でママの声がした。

「もう、うるさいわね。今、いいシーンなのに。何よ。」

ああ、うまくいってよかった。

あと1秒でも遅れたら、ママと鉢合わせるとこだった。

胸をなで下ろしながら私は自転車に飛び乗り、前カゴに事件ノートを入れて、花野の交差点に向かった。

その近くまで行くと、もう翼が来ていて、自転車にまたがったまま片足をガードレールに乗せて停まっているのが見えた。

その姿がなかなかカッコよかったから、私は見とれながら近づいていった。

私に気づいた翼は、いつものようにあるかなしかの微笑を浮かべる。

「やぁ。」

その笑顔も、とても素敵だった。

「どっから調べようか。」

私は、前カゴに入れておいた事件ノートを取り出す。

「まず、あのビルの住人からかな。管理人に聞けば、わかると思うから。」

翼は、軽くうなずいた。

「管理人室の前に張り出されていた表によれば、今日は、管理人がいる日だよ。」

覚えていたらしい。

やっぱり記憶力、すごいなぁ。

「管理人に聞く前に郵便受けを見て、住人の苗字を把握しといた方がいいでしょ。」

翼に言われて、私は、白川ビルのドアを入ってから郵便受けの前に立ち止まり、住人の名前を全部、ノートに記録した。

各階に4世帯ずつ、住居部分は3階から5階で、合計12世帯だった。

「少なくてよかったね。」

話している私たちの横を、エレベーターから出てきた3人の女の人が通りすぎ、玄関の外に出ていく。

それを見送って、翼は管理人室に歩み寄り、小窓をノックした。

「すみません、管理人さん。」

中から白髪まじりの、50、60代のオジさんが顔を出す。

「何か用？」

翼は前かがみになり、小窓の中をのぞきこんだ。

「このビルに、4、5歳の子供って、いますか？　僕は浜田高校付属中学1年の美門といいますが、」

そう言いながら、胸ポケットから出した生徒手帳を開いて見せる。

「社会科の授業で、この市内の幼児の統計を取ってるんです。」

つっかえることもなく、もちろんためらうこともなく、すらっと言った翼に、私は啞然。

これって、どういう能力だろう。

もしかして、詐欺師的才能？

詐欺師っていえば、若武の代名詞みたいなものなのに、ここで翼がこんな力を発揮するなんて。

やっぱり2人は、本人たちの意思に関わらず、宿命のライバルなのかも。

「いるよ。ここの前から幼稚園バスが出てるしね。乗るのは加藤さんとこ、大熊さんとこ、それに野村さんと大石さん。全部で4人だね。」

私は、さっきノートに記録した住人の中の該当者4人に、印をつけた。

「お時間を取らせてすみませんでした。」

翼は身をひるがえし、こっちに戻ってくる。

その後方で、管理人室の小窓から管理人が顔を突き出した。

「今日は日曜だけど、小学校就学のための特別指導があるとかで、園児たちは皆、出かけて、まだ帰ってきてないよ。」

直後、道路の方からバスのエンジンの音がした。

「ああ、帰ってきたらしい。あれ、バスだよ。」

じゃさっきの女の人たちは、お迎えのお母さんだったんだ。

でも、3人だったよね。

園児は4人のはずなのに・・・。

「ありがとうございました。」

翼が叫んで、私の二の腕をつかみ上げ、足早に玄関ドアに向かう。

私は、ほとんど引きずられるように歩いた。

「4人の幼児の1人1人の臭いを確認する。あのココナッツクッキーの匂いの下にあった指の臭いで、その主を見つけ出すから。」

うっ、すごく難しそうっ！

「時間が必要だ。アーヤは、幼児たちを引きとめておいてくれ。」

私は、真っ青になってしまった。

だって幼児だけならともかく、お迎えのお母さんがいたら、ガードが厳しいに決まってる。

話しかけるだけだって、難易度かなり高そう。

「いいねっ⁉」

凜とした瞳で念を押すように見すえられて、私はやむなくうなずいた。

翼だって、大変なことにチャレンジしようとしているんだから、私だけができないなんて言えない。

頑張るしかなかった。

翼が開けた玄関ドアからビルの外に出ると、そこでは、着いたバスから降りてきた幼児たちが、お母さんのそばに駆け寄っていくところだった。

ところが幼児は4人なのに、お母さんは3人しかいない。

1人の男の子が、途方にくれたように立ちつくしていた。

「あら、野村さんがいないわね。」

お母さんの1人がそう言い、ドアを振り返る。

「どうしたのかしら。いつもお姉ちゃんが来るのに。」

その時、閉まっていたドアに突き当たらんばかりにして、1人の女の子が飛び出してきた。

「すみません、遅れてっ！　まぁちゃん、ごめんね。」

その女の子を見て、私は、ドッキンッ！

それは、秀明グラウンドで翼に手紙を渡そうとした、あの子だったんだ。

私は、反射的に翼を見た。

翼も、立ちつくしたままだった。

この先、どうするんだろ⁉

その時、私は、翼から頼まれたことなんて、もうすっかり忘れてしまっていた。

それどころではないって感じだったんだ。

「僕、大丈夫だよ。お姉ちゃん、オーバーだよ。」

その子の言葉に、皆がどっと笑った。

「では、確かにお渡ししましたので。皆さん、また明日ね。」

幼稚園の先生はバスに乗りこみ、手を振り、笑顔を振りまきながら遠ざかっていく。

お母さんと子供たちは、ビルの玄関に向かった。

あの子も、弟の手を引きながらドアの方に体を向ける。

その時、何げなくこちらに視線を流し、翼を見つけたんだ。

私は、体中が凍りついてしまう思いだった。

どーすんの、翼っ!?

12 若武、翼に告白する

「やぁ。」

翼は、とても落ち着いた、明るい声でそう言った。

それで私は、またも思ってしまった。

やっぱり、こいつ、詐欺師の才能あるって。

「今、野村って言われてたよな。君んち、ここなの。」

野村さんは、うつむきながらうなずいた。

手をつないでいる子が、不思議そうにこちらを見る。

「誰？」

翼は歩み寄り、その子の前にしゃがんで視線の高さを同じにした。

「僕はね、お姉ちゃんの友だち。君は、まぁ君って言われてたけど、名前は？」

まぁ君は身構え、ちょっと息を吸いこんでから答える。

「今日習ったから言えるし、書けるよ。僕は、野村正彦、5歳。」

翼は手を伸ばし、正彦君の頭をなでた。

「よし、偉いぞ。」

そう言ってから、野村さんの方に目を向ける。

「この間は、手紙をありがとう。こんな所で会うなんて、僕たち、縁があるのかな。」

野村さんは顔を上げた。

その目には、ものすごくうれしそうな輝きがあった。

「そ、うかも、ね。」

恥ずかしそうに笑いながら、じっと翼を見つめる。

正彦君が叫んだ。

「あ、こいつ、佳苗のボーイフレンドなんだっ！」

野村さんは、あわてて正彦君を抱き寄せた。

「そうじゃないって。失礼なこと言うんじゃない。美門君には、もう付き合ってる人がいるんだから。」

そう言いながら、はっとしたように私を見る。

「彼女って・・・あなた？」

私は、あわてて首を横に振った。

「違います。私は同級生で、今日は、社会科の調査に回ってるんです。」

そう言いながら、思った。

私にも詐欺師の才能、ちょっとはあるかも、って。

こういうの、五十歩百歩とか、似たり寄ったりとか、言うんだよね。

あ、この場合、同じ穴の狢の方が適切かも。

「野村さぁ。」

翼が携帯を出しながら言った。

「君の番号、教えてくれる？　俺のも教えるからさ。」

野村さんは、信じられないといったような顔をする。

「いいけど・・・彼女に怒られない？」

翼は一瞬、何を言われているのかわからないといったような、ぽかんとした表情になった。

あ、翼ったら、自分の嘘、忘れてるっ！

私はハラハラしたけれど、翼はすぐ正気を取り戻した。

「別にかまわないよ。聞きたいことが出てくるかもしれないから、連絡取れるようにしておきたいんだ。君って、それ、困るの?」

野村さんは、強く首を横に振ると、正彦君から手を放し、ポケットに入っていた携帯を出した。

頬をほんのり赤らめながら、自分の番号を言い、翼の番号を聞いて、それを登録する。

「俺から電話あったら、着拒しないでよ。じゃね。」

翼は片手を上げ、私の方に視線を流した。

「次、行こう。」

私は野村さんに頭を下げ、翼と一緒に、自転車を停めておいた所に引き返した。

途中で振り返ると、野村さんはまだそこで、しっかりと携帯を握りしめていた。

今夜はもう、絶対に寝られそうもないような、そんな生き生きとした顔つきだった。

彼女がいるってわかってても、聞きたいことがあるだけだって言われても、それでも翼の番号を教えてもらえたことが、すっごくうれしいんだね、きっと。

恋心って、そういうものなのかなぁ。

何か、とってもかわいらしい感じ。

野村さんが、翼の希望通りKZを優先させてくれる人だったら、付き合えばいいのにな。

そう思いながら私は、翼の様子を見た。

翼も、こちらを見る。

「当たりだ！」

力のこもったつぶやきだった。

「ココナッツクッキーを食った手で、あの1億1千万に触ったのは、あの正彦君だ。間違いない。」

私は、自分がすっかり脱線していたことを恥ずかしく思いながら、あわててKZの世界に戻った。

正彦君の小さな手を思い浮かべる。

「でもあの子に、1億1千万の入ったボストンをフェンスの上まで持ち上げられる？」

翼は、くやしそうに片目を細めた。

「それはそうだけど、あの子が触ったことは間違いないよ。」

長い脚を回して自転車をまたぎながら、ふっと考えこむ。

「あのビルの2階に野村皮膚科って、あったよね。」

私は事件ノートをめくり、それを確認した。

「それって、今の野村姉弟の、親？」

かもしれない。

「1、2階が店舗で、その上がマンション形式のビルって、店舗のオーナーが上の住居部分に住んでること、結構、多いだろ。」

ん、そうだね。

「父親、いくつだろう。」

は？

「その父親が3億円事件の犯人で、使えない新札を自宅に隠しておいたところ、何も知らない正彦君が持ち出して、屋上まで持っていったってこと、ありうるでしょ。」

ああ、そっか。

「野村医師が今、何歳かを調べれば、10年前の年齢もわかる。それで3億円事件を調査中の第2グループの情報と突き合わせれば、何か見えてくるかもしれない。」

なるほど。

「本人に、確かめてみよう。」

翼は自転車にまたがったまま携帯を出し、さっき登録した野村さんの電話にかけた。

「ああ野村？　俺、美門です。さっそくで、ごめん。」

その電話は、結構、長くなった。

私は耳を傾けていたけれど、翼は、父親が皮膚科をやっているかどうかと、その年齢を尋ねた以外は何もしゃべらず、野村さんの話を聞いているだけだったので、書きとめられるようなことはほとんどなかった。

「ありがと。」

そう言って翼は、電話を切る。

「父親は、野村泰介、皮膚科医、40歳だって。」

携帯をしまう翼を見ながら、私は、それをメモした。

「事件当時は、30歳だけど、その頃はアメリカに住んでたって言ってる。翌年、日本に戻ってきたらしい。」

つまり3億円事件が起きた時には、日本にいなかったってことだよね。

「それなら事件とは無関係かも。」

私の言葉に、翼は首を傾げた。

「それはどうでしょ。アメリカにいたっていっても、旅行で日本に来れば、犯行は可能だ。」

あ、そっか。

父親が犯人なら、野村家に3億円が隠されていたってこともありうるけれど、犯人でなければ、その仮定は、成り立たない。

その場合、正彦君はどこで、どうやって新札に触ったんだろう。

「あのさ。」

そう言いながら翼は、乗りかけていた自転車から降りた。

「今、話してて、あの子、何となく様子が変だった。俺が聞いてないことも、ドンドン話してくるんだけど、まだ何か話したいみたいで、でも話せないみたいで、どうも煮えきらないんだ。昨日、秀明グラウンドに手紙持ってきた時の感じでは、そういうタイプじゃなかっただろ。」

うん、あの時は、すごく勇気ある、決断力に富んだ子に見えたよ。

「俺、ちょっと引き返して、彼女とゆっくり話してくるよ。この事件には関係ないことかもしれないけど、何か気になるからさ。悩んでるみたいでもあるし、放っとくのはかわいそうだから。」

私は、同意した。

「じゃ私、今日わかったことを若武に報告しておくね。」

翼は、いつもみたいにわずかに微笑む。

「終わったら、俺も行くよ。さっき電話あって、今日いっぱい病院にいるって告白されたからさ。」

皮肉な口調でそう言い、ちょっと片手を上げてから、それをポケットにつっこんで戻っていった。

その姿に背を向けて、私は自転車に乗り、若武の病院に向かったんだ。

今日はまだ入院しているはずだったから、お見舞いをしながら報告しようと思って。

13 壁ドンしてる!

杉浦総合病院は、古くからある病院で、私が小学校の頃は、まだ杉浦内科医院といっていた。

それが、先生の息子さんが外科の医者になって、しかも眼科医の奥さんを連れて帰ってきて、急に大きくなったんだ。

建物も新築して、とても近代的で、きれい。

その受付で、私は若武の部屋を教えてもらって、そこまで上っていった。

部屋の前に立って見ると、ドアの上に、若武和臣様と書かれていた。

このドアの向こうで、若武は、どんな様子でいるんだろう。

何となくドキドキしながら、私がノックをしようと手を上げかけた時、若武の大声が聞こえた。

「だって、あいつら、見つめ合ってたんだぜ。アーヤなんか、美門のこと名前で呼んでるしさ。」

思わず手が止まってしまった。

ドアにそっと耳を近づけると、それがわずかに開いていることがわかった。

きっと誰かが、きちんと閉めなかったんだ。

「ねぇ、若武先生。」

それは、黒木君の声だった。

「アーヤと美門が接近するのは、しかたのないことだよ。あきらめなって。」

「そ。」

上杉君が、脱力した様子でつぶやく。

「同じ学校で、同じクラスなんだから、どうしたって接触する機会が多いじゃんよ。2人がくっつくのは、時間の問題だと思うよ。止められやしない。」

若武の叫びが上がった。

「じゃ俺も、浜田に転校する。あいつらと同じクラスに入ってやる。」

黒木君がクスクス笑い、上杉君が、どうしようもないといったように舌打ちした。

「あーあ、ガキかよ。おまえ、立花が好きなの？」

しばらく声が途切れ、やがて言い訳でもするように若武が答えた。

「俺は、ＫＺのリーダーだぜ。ＫＺの中のただ1人の女子がまとまるんなら、リーダーの俺とだろ。ロックバンド見てみろよ。女子メンバーは、たいていリーダーとまとまってんじゃん。だからアーヤも、俺となんだ。他の男が手を出すのは、許さん。」

黒木君が溜め息をつく。

「つまりリーダーとしてのプライドと、個人的自己顕示欲と独占欲ね。」

上杉君が、腹立たしそうに言った。

「おまえ、最低だな。まだ砂原の方が、まともだよ。あいつ、はっきし告ったじゃん。」

「あれはさ。」

黒木君の声が、深みを帯びる。

「アーヤにっていうより、俺たちに向かって言ったのさ。アーヤといつも一緒にいる俺たちに、仁義を切ると同時に、自分のスタンスを宣言したんだ。俺は堂々とアプローチかけるぞってね。まぁ宣戦布告みたいなもんだよ。」

その場が一瞬、静まり、やがて若武の神妙な声が聞こえた。

「あれはあれで何となくムカつくって、おまえら、思わなかった?」

黒木君と上杉君が、うなるような声を出す。

「まぁ、ね。」

「ん、否定はせん。」

若武は、すっかり勢いづいた。

「だろっ！」

「だけど。」

黒木君が、からかうように続ける。

「若武はほんとのところ、砂原のことはあまり気にしてないだろ。癪にさわるとは思ってるだろうけど、自分の方が優位だって考えてるよね。」

「まぁ、そうだけど。」

若武は、得意げな声になった。

「あいつって、日常的にアーヤから遠いからな。俺、余裕で大丈夫だよ。そこいくと、翼はピッタシじゃん。マジ脅威だと思ってる。」

「だから、2人のことは、あきらめろって。」

「絶対やだっ！　断固、阻止するっ!!」

階段の方からやってきた看護師さんが、私の脇を通りすぎていく。

私はあわててドアから離れ、検査室と書いてある隣の部屋の前まで行った。

そこは廊下の1番端で、あたりには人がおらず、照明も落としてあって静かだった。

すごくつらい気持ちで、私は、そこに立っていた。

自分が女子であることで、区別されたくなかった。

私の中では、女子として扱われることよりも、仲間として扱われ、人間として認められることの方が素晴らしいことだったから。

その方が、私の価値観では、ランクが上なんだ。

だから男子である皆と同じくらいな活動をしようと頑張ってきたのに、今の話の感じでは、もうまったく絶望的に思えた。

私がどんなに仲間として成果を上げようと、皆は結局、私を女子としか見ないんだ。

それは、ものすごくやりがいのないことだった。

どうすればいいんだろう。

「アーヤ、どしたの？」

声をかけられて振り向くと、そこに翼が来ていた。

私は、あわてて目を伏せ、自分の気持ちを隠した。

「早かったね。」

私、どうすればいいんだろう。

「ん、どうもプライベートで悩んでるみたいでさ、時間をかけないとダメみたい。また話す約束をして別れてきたんだ。いつでも電話かけていいからねって言っておいたよ。それよりアーヤ、どうしたの。泣きそうだよ。」

私は思わず、翼を見た。

凛とした目の中に、気遣うような光がきらめいている。

翼になら、わかってもらえるかもしれない。

だって私たちは、同志なんだもの。

一瞬そう思ったけれど、自分の気持ちを説明する言葉が見つからなくて、それを探す力も湧いてこなかった。

「何でもない、から。」

そう言うと、翼は1、2歩進んで、私との距離をつめた。

「嘘でしょ。」

すぐ前に立たれて、私はあわてて後ろに下がる。

背中に壁が当たり、寄りかかったとたん、翼が、私の頭の横の壁に片手をたたきつけた。

「言いなよ。」

目の中には、怒りがあった。

「俺、アーヤとは心が通ってるって思ってたんだけど、それって間違いなの？」

真剣な目で見すえられて、私は、心臓がドキドキした。

その時、ドアの開く音がして、上杉君の、信じられないといったような声が上がったんだ。

「立花と美門が、壁ドンしてる・・・」

病室の中で、若武の激怒の叫びが上がり、黒木君の声が続いた。

「落ち着け、若武っ！」

翼は、ゆっくりと私から離れ、廊下にいた上杉君に歩み寄った。

「あのさ、若武に説明したいんだけど。」

上杉君の切れ上がった目に、鋭い光が浮かび上がる。

「今さら無駄だろ。コジれてっからな。」

私は、どうしていいのかわからなかった。

ただハラハラしながら、立っていると、やがて病室から黒木君が姿を見せた。

「若武先生には、おとなしくしてもらったから。」

両手の指を組み合わせて、ポキポキッと鳴らしながら私の方を見る。

「アーヤ、若武のことは、気にしなくていいよ。今は、カッカしてるけど、そのうち落ち着くと思うから。」

上杉君がうなずいた。

「ガキだからな。この機会に、成長するといいけど。」

翼が、溜め息をつく。

「あのさぁ、KZって、どういうルールで動いてんの。若武の言動見てると、男女交際、禁止ってこと？」

黒木君が笑った。

「そんなこと決まってないよ。」

上杉君も苦笑いを浮かべる。

「若武が、リーダーのプライドで突っ走ってるだけ。日本人にありがちな発想だから、スルーでいいよ。」

私は、つい声を上げた。

「KZの中で、私は、そんなふうに扱われたくないから。」

最後の方は、声に涙が交じったので、皆が驚いてこっちを見た。

それで私は、いっそうみじめな気持ちになって、さらに顔が崩れてしまった。

「私は、仲間でいたかったから。それで翼と心が通じたんだから。なんで皆、好きとか自分のものとか、くっつくとか、そんなことばっか考えてるわけ!? そんなだったら、私、」

その先を言おうかどうか、迷った。

だけど勢いがついていて、止められなかったんだ。

「もういい、KZやめるから。」

ああ自分が1番大切にしていたもの、自分で壊したっ！

14　大反省会

　私は、その場にいたたまれなくて、でも走ると子供みたいだったから、それもいやで、できるだけゆっくり廊下を歩き、階段の方に曲がった。

　皆から見えなくなってから、ほっとして駆け降りたんだ。

　泣きながら駐輪場に向かった。

　自分の自転車の所まで行き、前カゴに事件ノートを放りこんでから、かがんでロックを開けていると、目の前に長い脚が立った。

「アーヤ、気分が落ち着いたらでいいから、話をしよう。」

　顔を上げると、そこに黒木君が来ていた。

「アーヤが本当にKZを抜けたいんなら、そうすればいいし、俺は止めないよ。でも皆にきちんと説明もせずに、自分の感情をぶつけるみたいな形で抜けるのは正しくない。ちゃんと話そうよ。もう子供じゃないんだからさ。」

　それは、本当にその通りだった。

た。

私は、恥ずかしくて頬が赤くなってしまった。

若武のことをいつも、ガキだって馬鹿にしていたけれど、自分だって時々はそうなんだと思った。

「いつかで、いいからね。じゃ気をつけて、お帰り。」

そう言われて、私は首を横に振った。

「今日でいい。反省してるし。」

黒木君はクスッと笑い、片手を伸ばして、私の頭の上に置いた。

「いい子だ。」

髪をなでながら、私の顔をのぞきこむ。

「上杉も美門も、心配してるよ。行こ。」

黒木君の後について、私は来た道を戻った。

さっきはとても悲しくて、目の前が真っ暗だったのに、今は大きな明かりを見つけたような、頼れる大木の下に入ったような、そんな気持ちになっていた。

「お姫様が戻ったぜ。」

そう言いながら黒木君が病室のドアを開けると、中では若武がベッドから半身を起こし、それを囲んで皆が椅子に腰かけていた。

「アーヤ、座って。」

私に丸椅子を出しながら、黒木君が全員を見まわす。

「さて、大反省会だ。誰から？」

翼が、わずかに片手を上げた。

「はい、俺。」

その時、ジャケットの胸ポケットで携帯が鳴り出したんだ。

翼は立ち上がり、携帯の入っているポケットを押さえながら素早く言った。

「アーヤとのことは、本人も言ってた通り、同志的つながりだから誤解しないでほしい。若武をからかったことについては、悪かったと思ってるよ。軽い気持ちだったんだ。でもそれ、俺の性格だから、またやるかもしんない、以上。」

取り出した携帯を見て、一瞬、私の方に視線を流す。

「野村だ。話す気になったのかもしれない。悪いけど席外すから、第1グループを代表して頑張っといてよ。」

そう言いながら部屋の外に出ていった。

それを見送って、上杉君がニヤッと笑う。

「あいつ、おもしれぇな。あれでいいよ。俺たちは、いい子ちゃんじゃねーもん。若武だって、そう思うだろ。」

話を振られた若武は、しかたなさそうにうなずいた。

「俺、あいつのこと、嫌いじゃないよ。からかわれても、別にどうってことない。反撃するし。アーヤとのことも、同志的つながりなら許す。」

黒木君が、ちらっと私を見た。

「じゃ問題は、俺たち3人の、アーヤに対する認識だけだね。」

若武が、不満そうに口をとがらせる。

「何で怒られてるのか、正直、まったくわからん。」

上杉君も、腕を組んだまま天井をあおいだ。

「俺たちに、どうしろって言ってるわけ？」

私は膝に載せていた事件ノートの端をギュッとつかみながら、黒木君から言われたように、自分の気持ちを説明しようとした。

「私を、女子扱いしないでほしい。」

若武が、ブスッとした顔でつぶやく。

「だって事実、女子じゃんよ。」

上杉君が、驚いたようにこっちを見た。

「おまえ、女じゃいやなの？　男になりたいとか？」

ああ、ちっともわかってない！

私はイライラしたけれど、ここで怒ったらさっきのくり返しだと思って、踏ん張って言葉を探した。

「そうじゃなくて、仲間として扱ってほしいってこと。女って部分を、抜いて考えてほしいの。」

若武と上杉君は、顔を見合わせた。

「それ、拷問に近いよな。」

「だいたい、できんのかよ、そんなこと。」

話はちっともまとまらず、やがて黒木君が身を乗り出した。

「じゃアーヤはさ、たとえば俺が、男として扱うなって言ったら、できる？」

私は、改めて黒木君をながめ回した。

その長身や、大きな肩や手なんかを見つめて、これを男子として扱わないなんてことは、とうてい無理だと思った。

「できない・・・」

若武が、叫ぶ。

「だろっ！　同じじゃんよ。」

私が言いたいのは、そういうことじゃないっ！

もどかしく思いながら、私は何とか自分の気持ちを伝えようとしたけれど、この話をこのまま続けていても、平行線のままだという気がした。

もっと違う角度から説明した方がいい。

それで口をつぐんで、KZに入ってから今までのことをよく考えて、自分自身を見つめてみたんだ。

その後で、心の中で充分、言葉を選んでから言った。

「私がKZに求めていたのは、事件を追いながら皆とつながって、自分にとっての新しい世界を創っていくことだった。それがすごく楽しかったし、皆と関わっていれば、人間として成長していけると思っていたから。さっきみたいに、一緒の学校だからくっつくとか、女が1人だからリーダーのものだとか、そんな男女レベルでの浮ついたことしか皆が考えていないんだったら、それは私の望んでいるKZじゃない。だったら、やめるから。」

私が話し終わっても、誰も何も言わなかった。

皆が視線を半ば伏せ、黙りこくっていたんだ。

私には、自分の言ったことが伝わったのか、そうでないのか、わからなかった。

でも、きちんと話すことで心を整理できたから、私自身は、もう混乱していなかった。

私の心には、自分が求めるKZ像というものがある。

それが現実のKZとズレてきているのなら、もう私の求めるKZは、存在していないってことだった。

そうだとすれば、KZに入っていても意味がないし、KZをやめることは、自分の大事なものを自分で壊すこととはまったく違う。

はっきりと、そう思えるようになっていた。

「まいったね。」

最初に口を切ったのは、黒木君だった。

「ほとんど最終通告じゃないか。俺たちは、アーヤを失いたくなかったら、彼女の言い分を入れるしかない所に追いこまれてるってわけだ。」

若武が、未練がましい目で私を見る。

「だけど俺たち、悪気じゃなかったんだぜ。アーヤの人格を無視したわけでもないし。」

上杉君が横目でちらっと、若武をにらんだ、

「若武は、自分の感情、ぶちまけすぎだろ。」

若武は片手を上げ、くせのない髪をクシャクシャッとかき回す。

「アーヤのこと、俺のもの扱いしたのは、確かに悪かったよ。じゃあさ、俺のものにしたいと希望していると言い直す。それでいいか。」

私は、首を横に振った。

ここでちょっとでも妥協したら、後々、後悔するような気がしたから。

「そういうことを考えてるってこと自体が、いやなの。仲間として見て、性別を超えた1人の人間として扱ってほしいと思ってる。」

若武は、納得できないといったように口を引き結ぶ。

憮然としたその様子に、黒木君が苦笑した。

「若武先生、要するに、これは2択なんだ。KZからアーヤを失うか、失わないか。どっちかを選ぶしかないって問題だよ。俺の答えは、もう出てる。」

上杉君が、溜め息をつく。

「俺もだ。KZには、語学担当が必要だからな。背に腹は代えられん。」

私は、2人の顔を代わる代わる見た。

2人は、降参だというように両手を上げてみせる。

「全面降伏です。」

「右に同じ。」

それで2票、私の分も合わせて3票だった。

やったっ！

すごい勝利だと思った。

だって、私はKZを失わずにすむんだもの。

若武は、唖然としている。

私はいく分、得意げに、そんな若武を見た。

「じゃ、これからのKZは男女の性別を超え、人間としてお互いを成長させるグループを目指すってことで、いいよね。」

若武は、寄りかかっていた羽根枕をつかみ上げ、そこに自分の拳を打ちこんだ。

「わかったよ、ちきしょうっ！」

15 新札の持ち主

「でも1つ、いいかな。」

黒木君が言った。

「男女の性別を意識することだって、人間としての成長だろ。」

私は、胸を突かれた。

ベッドの中から若武が、そーだ、そーだと主張していて、ちょっと憎らしかったけれど、黒木君の言葉には、真実がきらめいていたから認めざるをえなかった。

「その辺は、その都度、話し合って調整していくってことで、どう？」

見つめられて、私はうなずいた。

チームなんだから、やっぱり話し合って進んでいくことは必要だと思ったし。

「新情報！」

そう言いながら翼がドアから飛びこんでくる。

めずらしく勢いづいていて、頬はほんのり赤らみ、目には強い光があった。

「あの新札の持ち主は、野村泰介だ。」

私は、息を呑む。

じゃやっぱり1億1千万は、野村家に隠されていて、それに正彦君が触ったんだ。

「話、見えねーんだけど。」

上杉君に言われて、翼が私をうながす。

「事件ノート、読んで。」

私は急いでノートを開いた。

まだまとめてない部分もあったので、若武のベッドの上にあった食事台を借り、書きながら読み上げたんだ。

「1億1千万円がバラ撒かれた白川ビルには、野村泰介40歳が開業している野村皮膚科と、その野村家の住居がある。野村家には、佳苗と正彦という姉弟がいて、あの新札をバラ撒いたのは、臭いから正彦であると判明した。どうやって1億1千万円を運び、撒いたのかについては不明。3億円事件が起きた当時、野村家はアメリカ在住。翌年、日本に戻ってきている。以上。」

話の後を受けて、翼が口を開いた。

「今、その佳苗から電話だったんだけど、両親が離婚するらしい。」

ああ、それで、悩んでたんだ。

「もう母親は家から出て、別居してるんだって。」

かわいそ・・・。

私は、自分の家を思った。

うちのパパとママも時々、喧嘩をする。

そのたびに私は、胸が締め付けられるような気持ちになるんだ。

自分の家が壊れてしまうんじゃないかって感じて、恐くて、心細くてたまらなくなる。

たいてい翌日には仲直りしていて、ほっとするんだけれど、きっと野村さんも、同じ思いをしてきたんだね。

そして、ついにそれが現実になってしまったんだ。

「で、野村泰介が、妻に慰謝料を渡すことになって、昨日それをボストンバッグに入れて、家に持ってきたんだって。電話で、妻と話してたらしいよ、おまえに渡す金はできたって。それを聞いた姉弟が、これさえなければ離婚できないだろうと考えて、屋上に持ち上げ、姉がフェンスの上からバラ撒いたらしい。撒く前に、弟と手分けして札束の帯封を取ったって。」

そうか、２人だったんだ。

それなら、充分できる！

「でも新札には、佳苗の臭いはついてなかったんだろ。」

黒木君が聞くと、翼は手にしていた携帯に目をやった。

さっきまで話していた野村さんの様子を思い出すように、携帯を見つめる。

「父親がボストンバッグを家に持ってきた時、佳苗は台所で食事を作っていた。父親の電話の話で事情を知り、その後、父親が風呂に入った隙に2人で相談して、バラ撒くことにしたんだ、あわててたんで、キッチン用手袋をしたままだったみたい。そういえば新札には、ゴムの臭いもついてたよ。」

それでフェンスには、正彦君の臭いしかついていなかったのかぁ。

「となると、」

若武が、脚の上に置いた羽根枕を抱きしめた。

「野村泰介が、10年前の3億円強盗の犯人だった可能性は、かなり高いぜ。その当時、アメリカにいたとしても、日本に帰ってきて強盗して、何食わぬ顔でアメリカに戻るってこと、できるじゃん。」

上杉君が一瞬、黒木君と目を合わせ、わずかに笑った。

若武がそれを見咎める。

「何だ、おまえら、何か知ってんの？」

上杉君は、軽く肩をすくめた。

「後で話すよ。でもヤバい金だったら、妻に渡す慰謝料なんかにするか？　妻が使ったら、そこから即、足つくじゃんよ。」

そうだよね。

「それに盗まれた金の中の新札分1億1千万と、慰謝料が同じだってのも、なんか変じゃね？」

そうだよねぇ。

「おまけに1億1千万って、慰謝料として高すぎないか？」

黒木君が、憂鬱そうな息をつきながら首を横に振った。

「野村は、その金を全部、妻に渡そうとは思ってなかったかもしれない。ただ子供たちがそう思いこんで、全部バラ撒いちまっただけで。」

あ、そういうことあるかも。

「それに慰謝料は、双方の合意に基づくものだから、とんでもなく高くなることもある。2億だって3億だって、不自然じゃないね。」

まるで自分が、それを払ったことでもあるかのような言い方だった。

黒木君って、まさか、離婚したことあるわけじゃないよね。

「じゃ、この時点での大いなる謎は、」

若武がまとめる。

「なぜヤバい金を妻に渡す気になったのか、の1点だ。あ、もう1つ。野村が、その金を昨日までどこに隠していたのかも重要だな。記録係、書いといて。」

私がそれらを記入していると、翼が言った。

「第1グループの調査と報告は、以上。第2グループの方は、どこまで進んだの？」

若武が、くやしそうな息をついてパジャマ姿の自分を見おろす。

「俺がこんなで、調査からリタイヤしてるからさ、」

そう言いながら上杉君に視線を流した。

「あまり成果は上がってないと思うけど。」

上杉君は、自信ありげな笑みを浮かべる。

「あいにくだが、調査は若武先生がいる時よりずっと、はかどった。さっき、後で話すって言ったのはそのことだよ。な、黒木。」

視線を向けられて黒木君は腕を組み、椅子の背もたれに寄りかかった。

「10年前の3億円事件の全貌は、ほぼわかった。こうだよ。」

16 消えた3億円

その事件の当日、警備会社は、いつものように銀行の裏口に現金輸送車を停めていた。

そこに、銀行内から3億円の入ったジュラルミンケースが運び出されてくる。

2人の警備員が、それを受け取り、現金輸送車の中に入れようとした。

その時、物陰にいた1人の男が襲いかかってきて、そのジュラルミンケースを奪い取った。

警備員の1人は、それを阻止しようとしてスタンガンでやられて気絶、もう1人は警察に連絡するために銀行内に駆け戻った。

その隙に男は、ジュラルミンケースを自分の車に積みこみ、逃走した。

ところが、銀行の先にあった交差点を曲がろうとして、向こうから来た大型トレーラーに激突。

男の車は、トレーラーの下に突っこんで大破した。

通行人の通報で救急車が駆けつけたものの、男は即死状態。

しかし警察が駆けつけた時には、現金の入ったジュラルミンケースは現場に見当たらず、もちろん3億円もなかった。

当時、交差点には多くの人々が通行中だったことから、事故現場にあったジュラルミンケースを誰かが持ち去ったものと思われている。

そのため警察では、3億円の中から、番号のわかっていた1億1千万円分の新札や、それが入っていたジュラルミンケースの特徴を、一般公開した。

ところが、その後、それらの新札が使われた形跡はなく、またジュラルミンケースも見つかっていない。

捜査の結果、大破した車は盗難車であることがわかり、内部には遺留品もなく、犯人につながる手掛かりは押収できなかった。

また犯人は、被疑者死亡のまま書類送検されたが、遺体の損傷がひどくて身元を確認できないままとなっている。

あと1か月で、時効が成立する予定。

黒木君のその報告を、私は、事件ノートに書き留めた。

まったく、驚くような事件だった。

だって犯人が、もう死んでいるなんて！

現金輸送車を襲って交通事故に遭ったというのは、罰が当たったって感じがしないでもないけれど、それにしても犯人の名前もわからず、盗まれたお金の行方もわからないなんて、手がかりがまったくないってことだもの。

「いやぁ、やる気の出る話だよな。」

若武が目を輝かせた。

「それから10年近く、警察が探し続けてきた新札1億1千万円分が、今、俺たちの手の中にあるんだぜ。」

そう言われて、私も、歴史のワンシーンに居合わせているかのような気持ちになった。

自分の目の前に当時の交差点の事故の様子が広がり、大型トレーラーを目の前にしてあせっている犯人の顔や、その事故を目撃して驚いている人々の様子まで見えるような気がした。

「野村泰介は、現場からジュラルミンケースに入った現金を持ち去ったのかもしれないな。」

若武の言葉を聞きながら、上杉君が、切れ長のその目に鋭い光をまたたかせる。

「だから、そうすると、おまえの言う大いなる謎が生まれるんだって。野村は、そのヤバい金をなぜ妻に渡す気になったのか、だよ。」

普通、しないよね、そんなこと。

だって危なすぎるもの。

せっかく10年近くも隠しておきながら、時効も近いっていう今になって世の中に出すなんてこと、考えられない。

「大いなる謎の2点目、野村は昨日、それをボストンバッグに入れて家に持ってきたって話だけど、その金を今までどこに隠してたんだ。銀行に預金してれば、とっくにバレてるだろうし、まさか10年近くもコインロッカーなんて、ありえねーだろ。どっから持ってきたわけよ。」

う〜ん、謎だぁ。

「あのさぁ、今、思いついたんだけど。」

若武が目を輝かせる。

「衝突したトレーラーの運転手が、怪しいってこと、ないか？　衝突のショックで、ジュラルミンケースが飛び出して、トレーラーの荷台に飛びこんで、運転手はそれを知らずに、会社に帰って気づいて、自宅に持ち帰り、保管。」

上杉君が頭を抱えた。

「ドタバタコメディーか・・・」

私も、探偵ノートを見ながら溜め息をつく。

これって、ほんとにどこから探っていけばいいのかわからない。

「じゃ、逆に考えたら？」

そう言ったのは、翼だった。

「とにかく野村は、新札を持っていたんだ。それをどうやって手に入れたかは、野村に聞くのが1番でしょ。」

上杉君が鼻で笑う。

「簡単に話すかよ。」

翼は、何でもないといったように眉を上げた。

「脅して、話させるってのは？」

私は、ギョッとした。

それ、誰がやるのっ!?

「よし、それでいこう。」

若武が飛びつく。

「どうやって脅すかは、明日までに考えよう。俺も、明日の午前中には結果が出る。病院とも、おさらばできるからさ。黒木先生、小塚の様子、聞いて。」

黒木君が、すぐ電話をかけた。

「ああ俺。どう？」

そう言いながら携帯をスピーカーフォンにする。

小塚君の声が流れ出た。

「いくつか指紋が出たよ。全部、大人のだ。銀行員のかもしれないけど、犯人のものってことも、あるかも。」

私は、隣にいた翼の耳にささやく。

「犯人は、ジュラルミンケースごと持って逃亡して死んだんだから、新札には触れてないよね。」

翼が、うなずいた。

「野村の指紋って可能性は、アリでしょ。」

そうだね。

「一覧表にして、明日、秀明に持ってくよ。」

黒木君は、小塚君の労をねぎらってから電話を切った。

若武が、全員を見まわす。

「明日、休み時間にカフェテリアに集合だ。それまでに上杉は、今の野村皮膚科について評判を調べてくれ。おまえの両親に聞けば、同じ業界だからわかるだろ。黒木は、野村の過去を調べろ。1億1千万は手つかずだけど、残りの1億9千万は、おそらく使ってる。皮膚科の開業費にしたのかもしれない。銀行関係を当たれ。」

2人がうなずくのを確認してから、若武は、翼と私を見た。

「翼とアーヤは、野村を脅す方法を考えること。」

えっ⁉

「この事件の突破口は、野村なんだ。陥落させるよりない。」

うろたえる私の隣で、翼がふっと微笑んだ。

「わかった。」

自信に満ちたその笑みを見て、私は思った。

やっぱり翼は、若武に性格そっくり、詐欺師の才能たっぷりなんだって。

17 再起不能！

その夜、私は、大きな山を乗り越えたような気持ちで、今日のことを振り返った。

私の主張を、皆が理解してくれたかどうかはともかく、譲ってくれたことは確かだった。

これから時間をかけて、わかってもらえるようにしていこう。

そう思いながら黒木君の言葉を胸によみがえらせ、ひょっとして自分の方が、皆に近寄っていくこともありうるかもしれないと感じた。

それは、すごく不思議な気分だった。

「彩、早くお風呂に入りなさい。」

ママに言われてお風呂に入ってから、今度は野村泰介を脅す方法を考えた。

でも、ちっとも思い浮かばなかったので、翼に電話をかけて相談しようかとも思ったんだけれど、もう遅かったから気後れした。

それで事件ノートの整理をしたんだ。

それも、私がやらなければならない仕事の1つだったから。

ノートは、今、2種類ある。

1つは会議でメモったり、調査先で書きこんだり、時々は破って、メモ紙代わりに皆に配ったりするもの。

そしてもう1つは、それらをまとめて清書してあるもの。

どちらを見るのも、私は好きだった。

片方は、その時々の驚きや、皆の言葉や、考え方の流れが思い出せるし、もう一方は、きちんとしていて、とても美しいから。

今回の「迷宮入り3億円強奪事件」で、探偵チームKZが扱った事件は、もう14件目だった。

ノートをめくりながら私は、いろんな事件を思い出しつつ、ふと考えた。

これらをまとめて、1冊の本にして出版することって、できるだろうかって。

それが本屋さんに並べば、若武も有名人になれる。

どれほど喜ぶだろう。

今度、提案してみようかな。

そう思っていたその時、私は知らなかったんだ、翌日に私たちを待ちうけている悲劇のことを！

＊

その日、休み時間が来ると、私は即、カフェテリアへの階段を駆け上がっていった。

また若武に怒られたくなかったから。

ハアハアしながらドアを開けると、メンバーはもうそろっていた、若武をのぞいて。

私の方が早かったんだ、よかった！

そう思いながらテーブルに近寄り、椅子に腰かけた。

「若武、ちょっと遅れるから、始めてててくれって。」

黒木君がそう言い、上杉君がドアの方に目をやる。

「あいつ、まだ秀明に来てねーんだよな。」

え、めずらしいね。

「授業はフケてるにしても、自分が招集かけた会議に来ないのは、マズいだろ。」

小塚君が笑って立ち上がった。

「そのうち来るよ。」

そう言いながらテーブルの中央に、プリントアウトした印画紙を広げる。

「採取できた大人の指紋は、7種類。これだよ。」

そんなふうに並べた指紋を見るのは初めてだったので、とても興味深かった。

「これらの指紋の持ち主として考えられるのは、国立印刷局局員、銀行員、そして犯人だ。疑いのある人物が浮かび上がってきた時、これと照合すれば、しぼりこむことができるよ。それまでは、あまり役に立たないけどね。これ、アーヤが持っててくれる?」

私はそれを受け取り、事件ノートに貼り付けておくことにした。

「皮膚科関係は、きっちり調べた。」

上杉君は、つまらなそうだった。

いつも涼しげな目はぼんやりしていて、眠そうですらある。

「今の野村皮膚科に、問題は何もない。腕もいいし、評判も悪くない。同業者からも信頼されている。つまり、いい医師だ。」

私は、それを事件ノートに書きつけた。

上杉君にとって、これはきっと刺激がなさすぎる情報なんだろうな。

「過去にも、問題はないよ。」

黒木君がそう言いながら、やはりおもしろくなさそうに唇の両端を下げる。

「大学時代も優秀だし、アメリカでも同じだ。日本に戻って開業した時の資金は、銀行から借りている。不正な金を使った形跡はないし、3億円事件の後、金遣いが荒くなったということもない。つまり、普通の市民だ。」

私は、それらをメモし、2人に、この事件への興味を取り戻してもらいたいと考えながら言った。

「でも、あのお金を持っていたってだけで、充分、疑わしいよ。いい医師なんて言えないし、普通でもないと思う。何かあるはず。」

上杉君と黒木君は、顔を見合わせる。

「姫パンチだ。」

「やられた感、あるかも。」

2人の顔に少し活気が戻ってきて、私はほっとした。

「じゃ俺の分担だけど、」

翼がそう言い、私は急に、それが自分の分担でもあったことを思い出した。

「ごめん、私、」

あわてる私に、翼は、俺に任せていいからといったように片手を上げる。

「もう俺の中で、片がついてるからさ。」

それで私は、じゃましないように静観することにした。

「脅迫より、もっといい方法を思いついた、それは、野村佳苗を使うことだ。」

皆がびっくりした。

もちろん、私もだった。

「野村家では今、ボストンバッグから金が消えて、泰介がパニックしているらしい。真面な金じゃないから、もちろん警察には届けられない。子供たちにも聞いたようだけれど、深くは突っこんでこなかったらしい。いろいろ尋ねられると、困ると思ったんだろう。妻には、慰謝料は待ってほしいと電話している。子供たちは、自分たちのしたことに不安を感じ始めていて、このままにしておくと父親に打ち明けるかもしれない。その前に彼女に事情を話し、協力してもらうのがいいんじゃないかと思うんだ。どう？」

上杉君が眉を上げる。

「協力って、具体的には？」

翼は、静かに答えた。

「野村家や、野村皮膚科の診療室に入れてもらい、泰介の指紋を採取する。2つ目、泰介の携帯やパソコンから情報を抜き取る。3つ目、3億が入っていたジュラルミンケースを捜す。」

私は、コクンと息を呑んだ。

「採取した指紋は、新札についていたものと照合する。携帯やパソコン情報からは、交友関係者や取引先、よくアクセスしているサイトなんかがわかるから、そこから新しい事実を発見できる可能性がある。ジュラルミンケースは、特徴が公開されているから、やたらに捨てられないはずだ。家に置いてあれば、即、持ち去り犯の証拠になるよ。」

大きな拍手が響く。

驚いて振り返ると、そこに若武が来ていた。

「それでいこうぜ。」

私たちは、目を見開いたままだった。

誰も、ほんのひと言も、言えなかった。

だって若武は、車椅子だったんだものっ！

私たちは、まるで死人にでもなったかのように、固まっていた。

何をどういうふうに言っていいのか、まったくわからなかったんだ。

「ああ、これは。」

若武は、慣れない手つきでいらだたしげに車椅子を動かし、テーブルのそばに寄ってくる。

「島崎さんがどうしてもって言い張るから、今日だけって条件で借りたんだ。心配しなくていい。明日からは、技能検定の練習に復帰するし。」

そう言われて、私はようやく大きな息をついた。

よかったって思った。

だって練習できるくらいなら、ほんとに大したことなさそうだもの。

でも黒木君は、表情をゆるめなかった。

食い入るように若武を見すえたまま、驚くほど厳しい声で聞いたんだ。

「検査の結果は？」

若武は、わずかに舌打ちする。

言いたくなさそうにしばらく黙っていたけれど、それでは黒木君が納得しそうもないとわかったらしく、しかたなさそうにつぶやいた。

「左右十字靭帯断裂。」

あたりに緊張が広がる。

皆が、すうっと顔を強張らせる様子は、空気が凍りついていくかのようだった。

上杉君が強く目をつぶり、天井を仰ぐ。

「マジ、つかよ！」

まるで胸でも刺されたみたいに痛そうな表情だった。

黒木君も、苦しげに眉根を寄せ、目をそむける。

「まいったな・・・」

小塚君は、見た目にもはっきりわかるほど動揺していたし、翼はとても哀しそうだった。

私だけが理解できず、どういう反応をしていいのかわからずに、ウロウロしていたんだ。

「ま、取りあえず、KZ技能検定を受けるからさ。」

若武がそう言うと、黒木君も上杉君も血相を変えた。

「何考えてんだ、無茶だろっ！」

「そんなことしたら、今度は、皿、やられんじゃんっ！　もっと致命的だぞっ!!」

若武は、ふっと笑う。

「やられてたまるか。」

私は、オタオタしている小塚君をつついた。

「若武の怪我って、どういうのなの。」

小塚君は息を呑み、喉の奥からかすれた声を出す。

「膝の半月板の後ろにある靭帯を切ったんだ。ここが切れると、2度と元に戻らない、つまり治らないんだ。」

治らない！

その言葉が、グルグルと私の頭の中を回った。

若武の膝は、もう治らないのっ⁉

じゃサッカーは、どうなるの。

プロになる夢はっ⁉

18 尊敬しろよな

私が絶句していると、小塚君は溜め息をついた。

「そのままでも、歩くことは充分できるよ。手術を受ければ、日常的なスポーツにも支障がなくなる。でも選手生命に関わる部位で、これを切ったら、プロになるのは絶望的だって言われてるんだ。」

私は、目の前が真っ暗になるような気がした。

若武は、あんなに自由に、あんなにカッコよくピッチを走り回っていたのに、不動のトップ下から転落して人目も気にせず努力するようになったのに、そしてプロになろうと決めていたのに、もうそこに手が届かないなんて！

そんなこと、私は、今まで考えもしなかった。

若武の努力は、必ず報われると信じていた。

それなのに、若武のその夢が叶うことは、もう絶対になくなったんだ！

「1日も早く手術した方がいいと思う。」

翼が、いつになく強い口調で言った。

「今、上杉も言ってたけど、そのままだと半月板に相当な負担がかかるよ。それこそ、取り返しがつかないでしょ。」

若武は、きっぱりと首を横に振る。

「今、手術してたら、技能検定に間に合わない。そしたらトップ下で県大会に出らんないじゃん。」

私は、言いそうになった。

県大会どころじゃないでしょって。

若武はもう、プロになれないんだよ。

だったら県大会なんて、出ても出なくても同じじゃない。

怪我を、これ以上ひどくしない方がいいよ。

でも、とても言えずに、ギュッと口をつぐんでいた。

若武は、それに気づいたみたいだった。

「アーヤ、そんな顔、すんなって。」

そう言いながら、ちょっと笑う。

「俺、奇跡を起こす男だからさ。普通の奴ができないことだって、やってみせるよ。技能検定まで、まだ2週間ある。その間に、切れた靭帯をカバーできるだけの筋肉と体力をつけるから。テーピングしてサポーターして、アイシングで乗りきって技能検定を受ける。もう決めたんだ。」

上杉君が椅子を蹴るようにして立ち上がり、両手をテーブルについて若武の方に身を乗り出した。

「おまえ、いつもみたいに調子に乗って、軽く考えてんじゃないだろうな。それがどれほど大変か、どれほどつらいか、どれほど危険か、わかってて決断したのかよっ⁉」

若武は目を上げ、上杉君をにらんだ。

「リスクを覚悟しないで、決断なんてできないだろ。」

その目の中に、強い力が浮かび上がる。

「犠牲を伴わない決断なんか、ねえんだよ。」

ぶつかった視線と視線の間で、2人の気持ちが一瞬、交じり合った。

「俺は、技能検定を受ける。トップ下になって県大会に行く。全国にもだ。絶対に行ってやる。そしてプロになるんだ。怪我ぐらいで、人生変えてたまるかっ！」

その時、若武の全身から立ち上る緋色の炎を、私は見たような気がした。

それは願いにも、祈りにも似た思いが、激しく昇華した一瞬だった。

その強さ、悲壮なまでの苛烈さが、若武の毅然とした顔をあざやかに飾っていた。

私は、心が痺れるような気がした。

ああ若武は、なんてすごいんだろう。

どんな犠牲を払っても、自分の目指したものに向かって進もうとするその姿は、なんて美しいんだろう。

力になりたいと、思わずにいられなかった。

この運命を乗り越え、自分の人生を切り開いていこうとしている若武の手助けをしたい！

「そういうことで、諸君。」

若武は、私たちを見まわした。

「俺は、練習時間がほしい。今後の会議は、秀明グラウンドか、トレーニングルームにしてくれ。当面、さっき言ってた翼の方針でいいから。状況が変わったら報告を。じゃあな。」

車輪に手をかけながら若武は、その目の端で、とてもショックを受けている様子の小塚君と、その隣にいる翼をとらえ、微笑みを投げた。

「小塚も美門も、気にすんなよ。」

そう言いながら車椅子を反転させ、私たちに背を向ける。

「気にしなくていいけど、尊敬はしろよな、俺のこと。」

19 KZ、全力始動っ！

若武の姿が消えると、上杉君はようやく椅子に腰を下ろし、両指を組んで後頭部に上げた。

背もたれに寄りかかりながら、大きな溜め息をつく。

「俺、今回の調査、抜けるぜ。」

私はびっくりして、上杉君を見た。

レンズの向こうの2つの目が、どこか遠い所を見つめている。

「あのバカの練習、サポートしてやんないと自滅しそうだからな。」

私は、上杉君が「天使が知っている」の中で、自分の病気と闘ったことを思い出した。

今、上杉君はきっと、その時の自分を見つめているんだ。

そこから、若武を助けてやりたいって気持ちが湧いてきているのに違いない。

「俺も」

黒木君が両腕をテーブルに載せ、私たちを見まわした。

「手を貸すよ。アーヤと美門と小塚、3人で調査やれる？」

瞬間、小塚君が、いつにない素早さで叫んだ。

「やれるよ。」

その声には、涙が交じっていた。

「若武は、ほんとに尊敬に値する。友だちでいてよかったって、思わせてくれる奴だよ。僕は何でもする。若武に喜んでもらいたいんだ。」

翼も言った。

「この状況でやらないなんて、許されないでしょ。」

その後を、私が続けた。

「全力で調査を進めるよ。」

やるというより、やらなきゃならないという気持ちだったし、小塚君も翼も同じだったと思う。

「おお、勢いあるじゃん。」

上杉君が、涼しげな目にからかうような笑みを浮かべた。

「離れて活動していても、俺たちKZは、1つだ。前に立花が言ったけど、俺たちは三銃士みたいなもんだからな。1人は皆のために、」

そう言いながら、拳に固めた片手をテーブルの上に出す。

「皆は、1人のために、だ。」

上杉君がそんなことを言うのは、本当にめずらしいことだった。

きっと若武が燃え上がらせたあの炎を、上杉君も見たんだ。

それが、そう言わせているのに違いない。

私は感激しながら拳を出し、上杉君の拳と突き合わせた。

黒木君も、小塚君も翼も、拳をくっつける。

私たちは目と目を見合わせ、そこにお互いの強い意志を確認し合った。

若武を力づけ、励ますために、私たちは自分が持っているありとあらゆる力をここに投入するんだってことを。

「じゃ、」

そう言って黒木君が立ち上がり、翼があわてて言った。

「黒木、タブレット、貸しといてよ。」

黒木君はジャケットを脱ぎ、肩から腋の下にかけて締めていた赤い革帯からタブレットを抜くと、テーブルに置いた。

はずした革帯を、その上に載せる。

「健闘を祈る。」

翼にウィンクしてから脱いだジャケットを肩に引っかけ、テーブルから離れていった。

その後を上杉君が追う。

6つそろえてあった椅子のうちの3つが空いて、あたりの空気が急に冷え冷えとした。

メンバーが3人も離脱するなんて、今まで、ただの1度もないことだった。

ほんとに大丈夫なんだろうか。

私は急に心配になり、あわてて自分に言いきかせた。

大丈夫じゃなくても、ここは、やり抜かなきゃならないんだ！

「会議を続けよう。」

翼が、まるで若武みたいに言った。

「さっき決まっていたのは、野村佳苗への接近だ。彼女に協力を頼んで、野村家と野村皮膚科に入り、泰介の指紋を採取すると同時に、携帯やパソコンから情報を抜き取る。携帯とパソコンの方は、俺ができるけど、指紋は小塚でないとダメだね。」

小塚君がうなずいた。

「任せてくれていいよ。ところで野村佳苗は、自分たちがバラ撒いた新札が盗まれた金だって知ってるの。」

翼は、首を横に振った。

「父親が工面してきた金だとしか思ってないよ。まずそこから説明しないとダメだね。これは俺が、今夜やる。明日には、向こうの家と医院に入ろう。アーヤも一緒に来て。人手が必要になるかもしれない。」

手順を聞いているうちに、私は、しだいに心が落ち着いてきた。

自分たちだけでも、頑張れば、きっとできると思えるようになったんだ。

「始動時間は、後で連絡する。」

そう言って翼は、私たちを見まわした。

「早急に解決させて、若武を喜ばせよう。」

私は深くうなずき、その後でつけ加えた。

「連絡は、今夜、私からするから。」

その方が、ママからいろいろ言われずにすむと思ったんだ。

「もし今夜ダメだったら、明日またかけるね。」

20 大好きオーラ

その夜、すべてが終わって後は寝るだけという時間になってから、私は翼に電話をかけた。

そのくらいの時間だったら、もう話も終わってるんじゃないかと思ったんだ。

でも、お話し中だった。

まだ野村さんと話がつかないのかもしれない。

うまくいくといいけど。

私は10分後にかけ、まだ話が続いていたので、さらに10分待ってかけた。

それでもまだ、翼は話していた。

うまくいかないんだろうか。

不安になりながら、私はまた10分待った。

それでようやく翼の声を聞くことができたんだ。

「野村佳苗は、協力してくれることになったよ。」

よかった！

「明日の朝、白川ビル前に集合だ。時刻は、5時。」

5時ぃっ⁉

そんな早い時間に、私は家を出たことがなかった。

早朝ランニングをしていたけれど、それだって6時台だもの。

「明日は、朝6時過ぎに看護師が出勤して、医院から出るゴミを業者に渡すんだって。忍びこむならそれより前だし、作業時間を考えると、5時くらいが適当なんだ。」

しかたがない。

私は了解したけれど、そんなに早く起きる自信がなかったから、寝なかった。

ずうううっと、学校や秀明の復習、予習をやっていたんだ。

幸い、やることはたくさんあったから。

そして5時15分前に、事件ノートを持ってこっそり家を出て、白川ビルに向かった。

あたりはまだ暗くて人の姿もほとんどなく、時折、車が通りすぎるくらいだった。

ちょっと恐かったから、自転車を思いっきり漕いで、誰もついてこられないくらい速く走った。

白川ビルの前まで行った時には、まだ5時前だったけれど、そこにはもう翼の姿があった。

浜田の制服を着て、襟元にゆるくタイを締めている。

いったい何時から来てたんだろう。

私に5時って言ったから、自分はそれより先に来たんだ、きっと。

責任感、強いね。

「おはよ。」

私が声をかけると、翼はこっちを向いて、いつもみたいに微笑み、携帯を出した。

手早く操作して、耳に当てる。

「野村？　これからそっち行くけど、大丈夫？」

話しているうちに、キッと自転車の音がして、小塚君が姿を見せた。

「待った？　ごめん。」

翼が電話を切り、ポケットに差しこみながら身をひるがえす。

「2階だ。行こ。」

私たちは玄関ドアを入り、階段を使って2階に上った。

野村皮膚科と書かれた大きなドアの横の、小さな通用口の前に野村さんが立っている。

いく分、不安そうな表情だったけれど、翼を見たとたんに、ほっとしたような笑みを見せた。

その顔全体から、あなたが大好きオーラが出ていて、翼の後ろにいた私は、ちょっとあせってしまった。

私のそばにいた小塚君が、声をひそめてささやく。

「あの子、美門の彼女とか？」

そう見えるよね。

私は、こっそり答えておいた。

「彼女候補だと思うよ。」

翼は、野村さんから鍵を受け取り、通用口を手早く開けて中に入る。

その後ろに野村さん、私、小塚君の順に続いた。

ドアの奥に廊下があり、その左右に洗面所と煮沸室とトイレ、突き当たりが小さな休憩室で、机とソファが置いてあった。

「ここまでがプライベートスペースで、この向こうが診察室と待合室。患者さんは、さっきの大きなドアから入るようになってるの。」

翼はつかつかと休憩室の向こう側にあるドアに歩み寄り、それを開けて診察室を確認してから振り返った。

「お父さんだけが使ってる物、ある？　グラスとか」

野村さんが洗面所に案内してくれたので、小塚君はさっそく手袋をはめ、持ってきたナップザックから指紋採取用の道具を取り出した。

「プライベートで使ってるパソコンは、どこ？」

野村さんは、今度は休憩室に向かい、机の上にあったデスクトップを指差す。

翼は、即、その電源を入れた。

パソコンは、わずかな音を立てて動き始め、その間に翼は机の表面や椅子に鼻を近づけ、臭いを嗅ぎ取った。

パソコンが起動すると、立ったまま向き合ってバチバチとキーを打つ。

キーボードの上に広げた両手をまったく動かさず、10本の指だけを素早く上下させてキーを押していくんだ。

それは、学校で教わった打ち方とまったく同じで、しかもきれいで、私は思わず見とれてしまった。

「あの、」

そばにいた野村さんが、話しかける。

「ほんとにあのお金、盗まれたものだったの？　うちのパパが盗んだの？」

翼は視線を画面にすえたまま、しきりに指を動かしていた。

「まだ、そう決まったわけじゃないよ。」

言葉が素っ気ないのは、作業に集中しているからだった。

野村さんに気を遣っている余裕がないんだ。

でも野村さんには、それがわからないみたいだった。

「だけど、もしそうだったら、パパはどうなるの？」

翼は画面を見つめながら、いらだたしげに眉根を寄せる。

セキュリティがきいているらしく、思うように扱えないみたいだった。

6時には看護師さんが来るんだから、その前に引き上げないと、危ない。

できるんだろうか!?

「ねえ、パパはどうなるのって聞いてるんだけどっ！」

私は、あわててそばに寄り、野村さんの腕をつかんで壁際まで連れてきた。

「あなたのパパは、盗んだりしてないから大丈夫。盗んだ真犯人は、もう死んでいるの。」

野村さんの口から、ほっとしたような息がもれる。

「ほんとっ？　パパは無実なの!?」

それは、微妙なところだった。

野村さんは、自分の父親を信じたいだろう。

母親が家を出て、離婚寸前になっているとしたら、余計にそうに違いなかった。

でも、ここで嘘を言って、一時的に安心させても意味がない。

きちんと正しいことを伝えて、いつでも力になると言ってあげるのが1番いいことなんだろうなと私は判断した。

「この事件の中で、あなたのパパがどういう役割を果たしたのかについては、まだよくわからないの。とにかくそれをはっきりさせることが大事だと思う。今、いろいろと調べさせてもらってるのは、そのため。結果が出たら、きちんと報告するね。」

野村さんは、ようやく納得がいったというようにうなずいた。

「あなた、確か美門君の同級生だったよね。」

ちらっと翼の方を見てから、声をひそめる。

「翼の彼女って、知ってる？」

私は、しばらくの間、口がきけなかった。

だって、ものすごく急に、しかもまったく違う角度に、話が曲がったんだもの。

私が固まっていると、野村さんは、面倒そうに片手を振った。

「ああパパのことについては、もうわかったから。それでいいよ。次の話なんだよ。」

う・・・切り替え、速いな。

「同級生なら当然、翼の彼女について耳に入ってるよね。」

私は、まったく困ってしまった。

目をやれば、翼は何とかセキュリティを突破したらしく、ズボンの後ろポケットに指を入れ、そこからUSBメモリーを取り出すところだった。

作業が完了するまでは、集中させてあげないと。

それで、必死になって頭の中から会話をひねり出した。

「さぁ、そういう話、あまりしたことないから。」

すると野村さんは、私の頭の天辺から足の先までつくづくとながめ回したんだ。

「そう言われてみれば、あなたって、どことなく硬い感じするもんね。人の微妙な気持ちなんて、わからなそうだから、誰も話そうって気にならないのかも。」

私は、ものすごくショックだった。

自分がKZの活動中だってことを忘れそうになるくらいに。

「オッケ。」

そう言いながら翼が、パソコンからUSBメモリーを引き抜き、制服の内ポケットに放りこんで時計を見た。

「ギリギリだ。小塚、そっち、どう?」

洗面所の方から小塚君の声がする。

「終わった。すぐ片付けるよ。」

翼は野村さんと私に視線を流し、顎でドアの方にうながした。

「先に出てて。俺は、点検してから行く。」

それで私たち3人は、急いでそこを出て、外の廊下で翼が出てくるのを待ったんだ。

その時、階段の下の方で、コツンと足音が響いた。

私はビクッとし、野村さんや小塚君と顔を見合わせた。

足音は、カツンカツンと階段を上り始める。

私は、心臓が縮み上がるような気がした。

どうしようっ!?

翼がドアから飛び出してきて、手にしていた鍵を鍵穴に突っこみながらこっちを振り返る。

「エレベーターに入れ。」

乱れて顔に振りかかった髪の間から、緊張した光を浮かべた瞳がギラッと光った。

「急いでっ！」

私たちは、はっと我に返り、廊下の途中にあるエレベーターの方に走った。

1番先頭にいた野村さんが、エレベーターのボタンを押す。

ところがエレベーターは、なかなかやってこなかった。

足音は、どんどん階段を上って近付いてくる。

私はハラハラし、イライラし、足踏みしながら待っていた。

やがてようやく下からエレベーターが上がってきて、ゆっくりとドアが開く。

私たちは次々と駆けこみ、最後に翼が飛びこんでドアを閉めるボタンを押した。

ゆっくりとしまっていくドアの向こうを、女の人が通りすぎていく。

「うちの看護師さんだ・・・」

野村さんのつぶやきを聞きながら、皆が大きな息をついた。

壁に寄りかかっていた翼が、天井を仰ぐ。

「危ねえ・・・」

あと少しでも遅かったら、私たちは全員、廊下であの人と鉢合わせるところだった。

「タッチの差だけど。」

そう言いながら小塚君がクスッと笑う。

「でも、うまくいったよ。」

その笑みが、皆の間に広がっていった。

そうだ、私たちはここまではうまくやった、自信を持たなくちゃ！

エレベーターが5階に着き、ドアが開くと、翼がゆっくりと壁から体を起こした。

「行くぜ。」

21 妙な臭い

「パパのパソコンは、さっきの医院に置いてあるのだけ。」

ＮＯＭＵＲＡという表札のはめこまれた玄関の前で、野村さんがそう言った。

「家では、使ってないんだ。」

翼がうなずく。

「わかった。じゃ携帯を見せてよ。それと現金が入っていたボストンバッグと、もしあればジュラルミンのケースも。」

野村さんは、ちょっと考えこんだ。

「ジュラルミンのケースって、よくニュースなんかで見る金属のピカピカした大きなカバンのこと？ そんなの、私んちにはないよ。見たことないもの。」

え・・・ないんだ！

私たちは一瞬、顔を見合わせた。

現場から持ち去られた3億円は、ジュラルミンケースに入っていたはず。

特徴が公開されているから、やたらには捨てられないし、持ち去った人間の手元にある可能性が大きかったのに。

「ボストンバッグの方なら、置いてある所がわかってるから、すぐ持ってこられるけど。でもパパの携帯を持ち出すのは無理。いつもパパのそばにあるし、そうじゃない時は、どこに置いてあるのかわからないんだもの。」

そう言われて、私は、自分の両親の携帯のことを考えた。

確かに、親の目をかすめて携帯を持ち出すのは難しい。

どうすればいいんだろう。

「簡単だよ。」

翼が、かすかに微笑む。

「パパの携帯の番号を教えて。俺がかけるから。そしたら着メロが鳴るから、どこに置いてあるかわかるだろ。」

あ、そうか。

「その場所を覚えといてよね。野村のパパは仕事場に出かける前、トイレに入るだろ。自宅のトイレに携帯を持ちこむことはないと思うから、その隙に持ち出して俺に渡してよ。」

すごい悪知恵!

「すぐデータを移すから。」

そう言いながら制服の前ボタンを開けてみせる。

肩から斜めに、黒木君に借りた赤い革帯を締めていて、腋の下にはタブレットが吊られていた。

そこから、短い接続ケーブルがぶら下がっている。

「このコネクタを使えば、2、3秒でできる。」

ああ、善悪踏み越えて突き進むこういうところって、やっぱり若武にそっくりかも。

「わかった。じゃ、ちょっと待ってて。」

野村さんが家に入っていくと、小塚君が私の耳にささやいた。

「美門って、なんか若武に似てきてるよね。」

あ、やっぱりそう思った?

そのまんまって言ってもいいくらいだよぉ・・・。

「ボストンが手に入ったら、小塚、指紋を採って。」

そう言いながら翼がこっちを振り返る。

「それが終わったら、あとは俺が1人でやるから、2人とも帰っていいよ。」

え？

「さっき野村皮膚科の診察時間が書いてあったけど、9時からだ。」

私・・・見てる余裕、全然なかった。

翼って、さりげなくふるまってるけど、あらゆるところに神経配ってるんだ。

「父親はそれに合わせて出勤するだろうから、トイレに入るのは、最悪8時半過ぎになる可能性がある。学校に遅れるし、3人もここに固まってると目立つしさ。俺が1人で作業するから。」

カチャリとノブの音がして、そっとドアが開き、野村さんがボストンバッグを差し出した。

底に金属の脚のついている革製だった。

「私、これから朝ご飯の支度しないといけないから。」

そっか、お母さんいないんだね。

新札についていたココナッツクッキーを作ったのも、きっと野村さんなんだ。

私と同い年なのに、偉いな。

「これ、預けとく。」

小塚君が手袋をはめた手でそれを受け取る。

野村さんは顔を引っこめ、音を立てずにドアを閉めた。

「美門、先にやってよ。」

通路にボストンバッグを置いた小塚君は、その脇にしゃがみ、自分のナップザックから指紋を採取する道具を出す。

さっきも使っていたそれは、銃のような形をしていた。

その中に弾みたいなホルダーをセットする小塚君を見ながら、翼がバッグに鼻をつける。

臭いを嗅ぎ回る翼と、そばで銃のような道具をセットしている小塚君の姿は、どう見ても異様だったので、誰かが通りかかったら、ものすごくびっくりするに違いなかった。

不審者として、警察に通報されるかもしれない。

私は、2人を背中にかばうようにして廊下に立った。

自分の体で通行人の視線を遮断するつもりだったんだ。

幸いなことに、そこは廊下の突き当たりで、通過する人はおらず、ただ隣から出てくる住人に注意を払っていればいいだけだった。

「アーヤ、ちょっとメモして。」

翼に言われて、私は、ずっと片手で持っていた事件ノートを開いた。

ポケットからシャープペンを出して構える。

「バッグの本体や取っ手についているのは、野村泰介、佳苗と正彦、あといく人かの人間の臭い。その他に、2種類の妙な臭い。」

妙な臭い？

「1つは、バッグの脇についている。何とも言えない気持ちの悪い臭い。」

え・・・気持ちの悪い臭いって、何だろう。

「もう1つは、脚の部分についている。こっちは金属の臭いみたいだけど、今まで嗅いだことがないな。」

ということは、日常的に使われている金属じゃないってことだよね。

「これは、バッグの脚の全部についている。」

たぶん、その金属の上にこのバッグを置いたから、脚に臭いがついたんだ。

でも、何の金属なんだろう。

日常的に使われてないような金属が置かれている場所って、いったいどこ？

「金属名は、今のところ不明。」

私は、その通りに記録した。

ついでに自分の疑問も書いておいた。

「俺は、終了。小塚、やっていいよ。」

翼にそう言われて、小塚君は手にしていた銃のような道具をバッグに向け、ハンドルを倒す。

そこから白いガスが発射され、バッグのあちらこちらに指紋が浮き上がった。

次に角度を変えてもう1度発射し、スキャナーを出して、それらを写す。

「パソコンに送って、他の指紋と照合しとくよ。」

小塚君の作業が終わるのを待って、翼が言った。

「じゃ2人とも、帰っていいよ。学校終わったら、秀明に行く前にグラウンドに集合しよう。若武に報告してやりたいからさ。」

私はうなずいたけれど、ほんとに帰ってもいいのかどうか気になった。

翼や小塚君に比べて、私は、大した仕事をしていなかったから。

「あの、ほんとにいいの。私、何もしてないけど。」

そう聞くと、翼は、いたずらっ子みたいな顔つきになった。

「充分、してただろ。」

え？

「さっき助かったよ、野村を黙らせてくれて。」

ああ、それ、大したことじゃないし。

「あの作業って、6時までに終わらせなきゃならないタイムトライアルだったろ。結構セキュリティきついパソコンで、探りながらの作業だったのに、話しかけられて集中乱れて困ってたんだ。俺、もうちょっとで野村に怒鳴るとこだったよ。」

私は、目が真ん丸になった。

クールビューティと言われる翼が怒鳴るなんて、想像もつかなかったから。

「わかるよ。」

小塚君が小さな息をつく。

「あれは、僕もかなりプレッシャーだった。実際、あの作業がほんの少しでも遅れてたら、看護師さんと鉢合わせたんだからね。」

私は、エレベーターに飛びこんだ時の危機感を思い出した。

それを回避できたのが私の働きだとすれば、少しは役に立てたってことだよね。

「グラウンドで会おう。」

そう言って翼が微笑む。

いつもみたいにかすかな微笑だったけれど、達成感に満ちていて、とてもうれしそうだった。

それを見て、私は、初めて気づいたんだ。

3人だけのチームになってから翼が指揮を執っていて、それがとても自然だったんだけれど、翼には相当な重荷だったのかもしれないって。

だって何の準備もなく、いきなり、やらなきゃならなくなったんだもの。

いくらオールマイティで、何でもできるタイプでも、相当きついに決まっていた。

それを黙って引き受けて、翼は、成果を上げつつあるんだ。

すごいことだった。

「その時までには、野村泰介の全データを手に入れておくよ。」

そう言った翼に、私は拳を出した。

「成功を祈ってるから。」

小塚君も拳を出し、私たちはそれを突き合わせて、心を1つにした。

そして誓い合ったんだ、全力でここをやり抜くことを！

22 叶わない夢はない

その日、翼は、ホームルームに間に合わなかった。

終わる頃になってすべりこんできたので、薫先生に言われたんだ。

「ルーム長、君の遅刻の原因は、何だ？」

翼は、ちょっと考えてから答えた。

「中年男が、出勤ギリギリまでトイレに行かなかったので。」

教室の中が、どっとわいた。

意味がわからないまま、とにかくおかしくて笑っている人もいたし、中年男のことを翼のパパだと思い、家でトイレ戦争が繰り広げられたと考えて爆笑している人もいた。

真相を知っていたのは、私だけ。

白川ビルのあの廊下で、翼は1人きりで相談する相手もなく、さぞイライラしながら待っていたのだろうと思うと、気の毒で溜め息が出た。

やっぱ、かわいそうだったかもなぁ。

「美門、おまえの言ってることは、意味不明だ。まぁいい。席について。」

薫先生に言われて、翼は自分の席に向かいながら、ふっと私に目を向けた。

そして、自信満々な大きなウィンクを飛ばしたんだ。

それを見て私には、調査が完璧にうまくいったことがわかった。

きっと翼も気持ちがはずんで、黙っていられなかったのに違いない。

私は喜びの叫びを上げたいくらいだったけれど、翼の視線の方向に座っていた女子が口々に、

「私にウィンクした！」

「私に、だってば！」

「いいえ、私にだよっ！」

と声を上げたので、黙ってうつむいていることにした。

君子危うきに近寄らずって、言うものね。

＊

お昼の時間がくると、私は超特急でお弁当を食べ、図書室に行って事件ノートを整理した。

若武に会った時、きちんとした報告をしたかったから。

図書室には、なんと、翼も来ていた。

黒木君のタブレットをテーブルに置き、何やら夢中で作業をしていたんだ。

私は声をかけず、自分も、自分に与えられている仕事に集中した。

そして学校が終わると、急いで家に帰って着替え、自転車を持ち出して全速力で秀明グラウンドに向かったんだ。

その日はKZが練習をしなかったらしく、グラウンドには誰の姿もなかった。

若武たちもいない。

翼も小塚君もまだ来ていなかったので、私はクラブハウスの方に足を向けた。

それはコロニアル風のおしゃれな建物で、棕櫚の立ち木に囲まれていた。

正門前やグラウンドの方からだと、赤い屋根や棕櫚の並木の向こうに広がるモザイクの壁を見ることができる。

クラブハウスの中には講堂や体育館、図書館、それに式典用の大きな部屋があって、KZの歓送迎会やクリスマスパーティは、そこでするんだって前に聞いたことがあった。

でも私は、これまで1度も来たことがなかったから、少し不安だった。

観葉植物を飾った広い玄関を入ると、そこに受付窓口があり、カウンターに申請用紙が置いてあった。

なんて書いていいのかわからなかったから、窓口の向こうにいた事務員さんに声をかけ、事情を話して教えてもらった。

「若武君たちなら、トレーニングルームにいるから。その用紙に名前と住所を書いて。目的の欄は、トレーニングルーム使用でいいからね。」

私は、言われた通りにした。

「その廊下の突き当たりよ。」

フローリングの廊下の両側には、いろいろな部屋があり、メンタルルームとか、イメージトレーニングルームとか、メディカルルームとかの名前がついていた。

中は、どうなっているんだろう。

私はのぞいてみたいような気分だったけれど、でもそんなことはせず、真っすぐトレーニングルームに向かった。

そのドアは大きな引き戸で、手をかけて動かしていると、中から上杉君の声がした。

「98ダウン、」

続いて黒木君の声が響く。

「1、2、3、4、5、6、7、8、9、オッケイ。」

すかさず上杉君の声がした。

「はい、98アップ、」

私はじゃまにならないように、ちょっとだけドアを開けて、その間からのぞいてみた。

中は、わりと広く、いろいろな器具が置いてあり、ドアのすぐ近くに若武と上杉君、黒木君がいた。

若武は、両膝に大きなサポーターをつけ、組んだ両手を後頭部に置いて、両脚を開いて立っている。

「99ダウン、」

上杉君の号令に合わせて、その姿勢のまま腰を落とし、膝を90度まで曲げて、そこで静止した。

「ダメ。それじゃカウント入れらんねーって。もっと深く。」

若武は苦しそうにしながら、わずかに体を下げる。

「もっと。」

若武は歯を食いしばり、うめきながらさらに体を下げた。

「よし！」

上杉君が認め、黒木君が手にしていたストップウォッチに視線を落とす。

「1、2、3、4、5、6、7、8、9、オッケイ。」

すかさず上杉君が、99アップの号令をかけた。

若武はゆっくりと膝を伸ばしながら体を上げ、元の姿勢に戻る。

直後、上杉君の声が飛んだ。

「100ダウン。」

若武の額にはびっしりと汗が浮き出し、顳顬から頬を伝ってポトポトと床に落ちている。

ものすごくつらそうで、動くたびに顔をゆがめ、歯を食いしばっていた。

「1、2、3、4、5、6、7、8、9、オッケイ。」

見ているだけで、私は、全身に力が入ってしまった。

「100アップ。」

訓練するって、こんなに大変なことなんだ。

「よし、夕方のスクワット終了。」

上杉君の声で、若武は大きな息をついた。

目を閉じ、片腕を上げて額の汗をぬぐう。

荒々しく上下する肩に、上杉君がタオルをかけ、KZの緋色のスタジャンを羽織らせた。

「体、冷やすな。」

黒木君が床に置いてあったバインダーを取り上げ、メニュー表にチェックを付ける。

「休憩代わりにメントレ、入れるか？」

若武は目をつぶったまま、かすかに首を横に振った。

「いらね。」

形のいい顎先から、左右に汗が飛び散る。

「じゃ次、ハムストリングス、そっちに寝て。」

若武はまだ肩で大きな息をつきながら、黒いマットの方に歩いた。

そこに仰向けに寝転び、両脚を広げる。

「20秒静止で、１００回ね。」

若武は両手をマットにつき、手足を支点にして、体を逆Uの字に持ち上げた。

黒木君が時間を計る。

「20秒静止。」

若武は両脚を震わせながら、苦しげな顔で、ひたすらこらえていた。

ほとんど必死だった。

私は、じんわり涙が出てきてしまった。

若武は、なんて直向きなんだろう、なんて純粋に1つのものに向かっているんだろう。

ここまで頑張ることができるのは、きっと強く信じているからだ。

努力すれば、必ず実を結ぶって。叶わない夢はないって。

「医師とトレーナーが作成したメニューだと、今日はこの後テープトレーニング500回だけど、続けてやる？」

黒木君に聞かれて、若武は体を反らせたまま、あえぐように答えた。

「やる。」

目には、強い光がある。

思い通りにならない自分の体を相手にしながら、絶対に負けてたまるかと言っているような目だった。

私は、両手を握りしめた。
頑張れ、若武、頑張れ！
応援してるからねっ‼

23 おかしなカルテ

やがて翼と小塚君が、一緒に玄関の方からやってきた。

「野村泰介の携帯のデータは収集した。」

そう言いながら翼が、制服の前ボタンをはずす。

腋の下に、あのタブレットが下がっていた。

「整理もしたよ、バッチリ。」

小塚君も、自信ありげな微笑みを浮かべる。

「僕の方は、今日の午後、授業がなかったんだ。家でずっと指紋照合してた。」

私たちは、若武のトレーニングを中断しない方がいいのかもしれないと考えて、しばらくそこで待っていたんだけれど、秀明に行かなくちゃならない時間が近づいてくるので、翼が黒木君の携帯に電話して聞いてみた。

その結果、

「あと少しでメニューの切れ目になるから、2階のミーティングルームで会議をするって。A－

3の部屋が取ってあるから、そこで待っててって言われた。」

それで、皆で2階に移動したんだ。

A－3の部屋は、長机がロの字形に置かれた会議室で、あまり広くなく、6人が話し合うのにはちょうどよかった。

翼も小塚君も、確信に満ちた表情をしていたから、私は2人の調査の結果を聞くのを楽しみにしながら事件ノートを開き、赤や黄色のマーカーで、今までに上がっていた問題点をなぞって、一見してわかるようにしながら若武たちが来るのを待った。

「お待たせ。」

ドアを開けた黒木君に続いて、車椅子の若武が現れる。

それを押していたのは、上杉君だった。

3人とも急いでシャワーしてきたらしく、髪はまだ濡れたまま。

あたりにふわっとシャンプーの香りが漂って、急にその場が爽やかになった。

「若武先生は、アイシング中だ。」

黒木君が若武の膝にかけてあった毛布をちょっとめくる。

保冷剤みたいなものが、いっぱい巻きつけてあった。

何だか痛々しくて、私が眉根を寄せると、若武がそれに気づいてちょっと笑った。

「痛くないよ。全然、平～気。」

そうなんだ。

「では諸君。」

そう言いながら若武は、車椅子のままテーブルについた。

「会議を始める。野村家と皮膚科からわかったことを報告してくれ。」

私は、事件ノートに視線を落としながら手を上げた。

「まず記録係から、今朝の流れを説明します。」

野村皮膚科で野村泰介の指紋と、プライベートなパソコンからデータを収集したこと、次に野村家に行き、ボストンバッグの指紋と携帯のデータを収集したこと、ボストンバッグには野村泰介、佳苗と正彦、あと何人かの人間の臭いがついていたことなどを報告する。

「ここで問題となっているのは、2点です。まず1つ目は、ボストンバッグに2種類の臭いが付着していたこと。その2種類とは、バッグの脇についていた気持ちの悪い臭いと、」

そう言いながら、《気持ちの悪い臭い》という表現が、気になった。

会話をしている時ならいいんだけれど、こういう改まった会議の席で発表するには、主観的すぎて子供っぽい感じがしたから。

私は、ちょっと考えて言い直した。

「バッグの脇についていた不快な臭いと、脚の部分についていた金属の臭い。この2種類の臭いの正体は、不明です。また2つ目の問題点としては、野村家にジュラルミンケースがなかったこと、以上。」

私の話が終わると、小塚君が手を上げ、若武の了解を取って発表した。

「指紋について。皮膚科と野村家で指紋を採取した結果、野村泰介の指紋がはっきりし、それが新札にもボストンバッグにもついていることが判明した。つまり泰介が、その両方に触ったってことが証明されたわけ。」

それは納得できる結果だった。

「そして今回新しく、注目すべき指紋が1つ見つかった。」

小塚君の口調は、活気を帯びている。

「以前にも言ったけれど、新札についている大人の指紋は7つ。そこから野村泰介のものをのぞくと、6つ。これらについては3億円事件が起こる前に触った国立印刷局局員や、銀行員の指紋である可能性がある。だけど1つだけ、そうでないものを見つけたんだ。」

えっ⁉

「つまり、新札とボストンバッグの両方についている指紋が、野村泰介のもの以外に、もう1つあったんだよ。」

私たちは、いっせいに色めき立った。

だってボストンバッグは野村家のもので、印刷局や銀行の人が触ることはありえない。

新札とボストンバッグの両方に触っているとなったら、それはもう限りなく怪しい人間に決まっていた。

ここにきて、今まで隠れていた第3の人物の姿がようやく見えたんだ！

「よくやった、小塚調査員っ！」

若武が歓喜の叫びを上げ、小塚君がちょっと恥ずかしそうに答える。

「でもこの指紋の人物が誰かは、今のところわからないんだ。僕からは以上。」

私は、夢中でその話をノートに書きこんだ。

これは、大きな進展だったから、手にも力が入った。

「じゃ、俺から報告ね。」

翼が話し始める。

「野村泰介の携帯電話と、プライベートで使っているパソコンから情報を収集した。携帯の中で気になったことは、1つだけ。泰介は、アドレス帳の個人名に《様》を付けて登録している。それ以外は略称や愛称と思われるモリとか、ナベッチとかいう表示だ。ところが1件だけ苗字がそのまま登録されて、《様》の付いてないのがある。飯島、だ。発着履歴を見ると、ここに何度か電話している。」

上杉君が、切れ上がった目に考え深げな光をまたたかせた。

「相手の名前に様を付ける習慣の人間が、それを付けない場合、考えられるケースは2つだ。ものすごく親しいか、逆にものすごく軽蔑していて、様付けをする気にならないか。」

私は、素早くそれをメモし、by上杉と書き添えた。

「パソコンにも、気になったことが1つあった。プライベートで使っているパソコンなのに、そこに患者のカルテが保存されてるんだ。」

私たちはいっせいに、むっ!? という顔をした。

だって、腑に落ちないことだったんだもの。

「野村は、これをどこかに送信している。だが、記録が削除されていて送ったということしかわからない。このカルテは10人分で、年齢や性別、来院時期はバラバラ。でも病名は全員、同じ。

皮膚疾患と書かれている。」

まぁ皮膚科だから、やってくるのは皆、皮膚疾患の患者だよね。

けど、10人分って、なぜだろう。

野村皮膚科は評判がいいって話だったから、患者はたくさんいるはずなのに、その中から10人を選んでプライベートのパソコンに入れている理由は、何?

「そいつ、変だぜ。」

上杉君が突っこむような声を上げた。

「皮膚疾患なんていうのは、素人への簡単な説明の時に使う言葉だ。医者がカルテに書くもんじゃねーよ。」

翼は制服の前ボタンを開け、下に吊っていた赤い革帯からタブレットを取り出す。

電源を入れて画面を調整してから、テーブルに置いた。

「これだよ。」

皆が身を乗り出す。

そこには、カルテが映し出されていた。

でも書かれている文字は日本語ではなく、また英語でもなくて、私にはまったく読めなかった。

「die Hautkrankheitかぁ・・・確かに皮膚疾患だよな。」

スクロールしながら読んだ上杉君が、椅子の背にもたれかかる。

腕を組み、天井を仰いでしばらく考えていて、ふっと言った。

「それ、わざとぼかしてんじゃね？」

私は、キョトンとした。

だって医者が病名をぼかすなんて・・・。

「きっと本物のカルテの方には、もっときちんと書いてあるんだ。何らかの目的でプライベートパソコンに移した時に、書き変えた。」

でも、なんで？

「大いなる謎だ。」

若武が言った。

「記録係、記録しろ。謎その1、ボストンバッグについていた不快な臭いの正体は何か。謎その2、ボストンバッグについていた金属臭の正体は、何か。謎その3、ジュラルミンケースは、どこに行ったのか。謎その4、新札とボストンバッグの両方についていた指紋は、誰のものか。謎その5、携帯のアドレス帳の中で《様》付けされていなかった飯島とは、いかなる人物なのか。謎その6、なぜ10人のカルテがプライベートパソコンに入っていたのか、謎その7、そのカルテには、どうして正確な病名もしくは症状が書かれていないのか。」

私はそれらを書き、その後ろに今まで謎になっていたものをつけ加えた。

謎その8、泰介は、新札を今までどこに隠していたのか。

謎その9、番号が公表されている新札なのに、なぜ使おうとしたのか。

ああ、謎だらけ。

「この中で今のところ調査不能なのは、3のジュラルミンケースの行方、4の指紋の人物の特定の2つだ。」

私は手を上げ、謎は全体で9つになることを説明した。

「8と9も、今のところ調査できそうもありません。」

若武は、小塚君を見る。

「おまえんちに、鉱石や鉱物の標本あるだろ?」

小塚君がうなずくのを確認し、その目を翼に向けた。

「それ全部、翼に嗅がせろよ。ボストンバッグの脚についていた金属臭と同じものを見つけ出すんだ。そうすれば、何の金属なのかはっきりする。」

2人がうなずく。

「上杉も黒木も、俺の方はもういいから調査に戻れ。黒木は、飯島を当たる。野村の携帯に電話番号が入ってるから、そこから探れ。上杉は、カルテ関係を調査して手がかりを見つける。アーヤは、上杉の補助。」

私は何でもやるつもりだった。

この事件を早く解決することが、若武を応援することになると思っていたから。

「では諸君、今日はこれで解散だ。頑張ってくれ。」

翼が黒木君にタブレットを返し、それを見て上杉君が親指を立てて、ドアの外を指した。

「カルテのデータ、俺宛てのメッセージつけて、ここのパソコン室のコンピュータに送っといてよ。」

翼が眉を上げる。

「ここでやんの？　家に帰らないわけ？」

黒木君がちょっと笑った。

「3人で合宿状態だよ。学校は行くけど、秀明は休む。」

そうなんだ。

「技能検定まで、あと2週間だ。医師とトレーナーの立ててくれたメニューをこなすのは、若武先生1人じゃ、無理だね。」

若武は、ちょっと首をすくめたけれど、反論はしなかった。

きっと自分でも、心配だったんだと思う。

「調査をしながら、上杉と交代でサポートするよ。」

大変そう・・・。

「頑張ってね。」

私がそう言うと、上杉君がこっちをにらんだ。

「他人事にしてんじゃねーよ。俺がこれからカルテを当たる。何か見つかったら連絡するから、おまえ、即、動けるようにしとけよ。」

う、私も頑張らないと・・・。

24 睫毛、長ぇ

その日、授業が終わって、私が校門まで行くと、そこはもう大変な騒ぎだった。

「開生の子が、門待ちしてるって？」

「どこ!?」

「ああ、あの制服、確かに開生だよね。誰、待ってんだろ。」

「あれ・・・ちょっと、もしかしてKZのメンバーじゃない？」

「そうだ！　KZの上杉だっ!!」

「上杉が、うちの学校にっ!?」

「やだ、信じられないっ！」

「なんで、何しに来たのっ!?」

「誰か、聞いてきてよ、早くっ！」

いやな予感がした。

もしかしてカルテの件で、連絡に来たとか？

考えただけで、私は、ゾッとした。

こんな大注目の中で、上杉君に近寄ったり、話したりしたら、私は明日からどんな冷たい視線を浴びるかわからないっ！

でも、校門から出ていかないわけにはいかなかった。

校庭の方から出ることもできたんだけれど、その道は、どっちみち校門の前を通るんだもの。

私は、翼に応援を頼もうとして公衆電話の所に走っていき、受話器を取り上げてから、はっと思い出した。

翼は、さっき急いで帰っていったんだ。

小塚君ちに行ったのに違いない。

ああ、どうしよう⁉

息を呑みながら受話器を置こうとして、ふと気がついた。

上杉君の携帯に電話をすればいいんだって。

それで急いで事件ノートを出して、上杉君のプロフィールのページを開けた。

携帯に電話をするのは初めてだったから、ドキドキした。

「あのさぁ、」

それが、上杉君の第1声だった。

「俺、基本、非通知の電話って出ないんだけど、誰だよ。」

切られると困るから、私は急いで言った。

「立花です。今、ちょっと離れたとこにいるの。」

電話の向こうで、小さな溜め息が聞こえる。

「さっき美門が出てきてさ、おまえ、まだ教室にいるって言ってたから校門で待ってんだけど。」

げっ！

「まさか、前みたいに逃げ隠れしてんじゃねーだろうな。」

ギクッ！

「くだんねぇことで時間取ってないで、さっさと出てこいよ。現地調査に行くんだからさ。」

ああ、このピンチ、どう切り抜ければいいんだろっ!?

私は、必死に考えながら上杉君の様子をうかがった。

「カルテから、何かわかったの？」

放り投げるような答えが聞こえる。

「なんも、わかんねーんだよ。現地調査でもしてみるしか手がない。高砂公園まで行くから。」

高砂公園？

それは、市の北西部にある市営公園の1つだった。

隣に高砂団地っていう大きな団地があって、そこに住んでいる子供たちやお年寄りがよく使っている。

小学校の時、その団地に引っ越した子がいたんだ。

皆で家を訪ねていって、公園で遊んだのを覚えてるもん。

でも、なんで、いきなりそこに行くんだろう。

不思議に思いながら私は、その時、このピンチを脱出する方法を見つけたっ！

おお、ラッキー!!

「あ、私ちょうど、その近くにいる。すぐそっちに向かうから、公園で待ち合わせよう。じゃね。」

そう言って電話を切って、校門に戻ったんだ。

すると、そこにはもう上杉君の姿はなく、女子の群れも徐々に解散していくところだった。

「あーあ、帰っちゃった。つまんないの。」

「いいじゃん、姿見られただけでも。」

「そうそう、めったに見られないんだもの。」

「生で見たの、初めてだよ。カッコよかったよねぇ！」

「制服、超似合ってたし。」

「でも結局、何しに来たわけ？」

「さぁ。」

私は、そおっと校門から外をのぞき、そこに上杉君がいないことを確かめてから飛び出した。

そしてダッシュで高砂公園に向かったんだ。

1度行ったことがあるから安心していたんだけれど、その日、行ってみたら、昔とはずいぶん違っていた。

公園の出入り口近くに、大きな噴水と水飲み場ができていたんだ。

そばには蓋をした井戸も作られていて、災害および非常時用と書かれた看板が立っている。

うちの市では、3、4年前から、災害に備えていろいろと救急体制を整え始めていた。

市内にいくつかある市立小学校の体育館の地下には、災害救助用品の備蓄もされているんだって。

その井戸の脇を通って私が公園の中に入っていくと、いくつかの遊具の端の方に、上杉君の姿が見えた。

声をかけようとしたとたん、上杉君は両手を伸ばし、そばにあった鉄棒に飛びついたんだ。

まるで小鳥が飛び立つ時みたいに、あざやかだった。

1番高い鉄棒で、両腕を伸ばしてぶら下がっても、地面に足が届かない。

見れば、開生の上着は鉄棒の脇の金具にかけてあって、胸ポケットに突っこんであるメガネが半分のぞいていた。

縁のないメガネ。

「天使が知っている」の中で手術した上杉君は、もうそんなのをかける必要もないんだけれど、それでも頑固にかけている。

私はちょっと笑いながら、カッターシャツ姿の上杉君を見上げた。

スタイルがいいから、全身がすらっとしていて、とてもきれい。

見とれていると、上杉君は懸垂をするように腕を縮めていき、そのまま空中逆上がりで鉄棒の上に巻き上がった。

直後、一気に両腕を伸ばし、鉄棒から体を突き放すようにしながら、大車輪っ！

しなやかな体が、青い空をバックに大きな円を描いて、2周、3周と回り、5周目に手を放し、空中で1回転してストンと着地した。

すごいっ！

私は思わず、拍手をしてしまった。

上杉君は私に気づき、つかつかと制服に近寄っていってそれを引ったくるように持ち上げると、ポケットからメガネを出してかけた。

「おまえなぁ、この近くにいるって言ってなかったか。そんで俺より遅いのは、どうしてだ。」

それは、私が嘘をついたから。

そう言おうかと思ったんだけれど、いっそう雰囲気が悪くなると困るから、何も言わずにただ謝るだけにした。

「ごめんなさい。」

上杉君は、いまいましそうに私をにらんで制服を肩の上に放り上げ、身をひるがえして水飲み場に歩いていく。

そこで手を洗い、ハンカチでふきながらそばにあったベンチに腰を下ろした。

「来いよ、説明するから。」

制服の袖に腕を通し、前を開けたままでちょっと体を斜めにし、ズボンの後ろポケットから携帯を出す。

黒っぽい制服の間からのぞく白いシャツが、顔に明るい光を投げかけ、涼しげな感じのする目元や、細い鼻筋や、薄い唇をきれいに照らしていた。

私が思わず見とれていると、上杉君は画面に視線を落としたまま大声を上げる。

「早く来いっ！」

私はあわてて駆け寄り、隣に座った。

手に持っていた学校のカバンを足元に置いて、そこから事件ノートを出し、膝に載せる。

上杉君が携帯を差し出した。

「これ、10人のカルテ。」

「謎の6、なぜ10人のカルテがプライベートパソコンに入っていたのか、謎の7、カルテには、どうして正確な病名もしくは症状が書かれていないのか。」

そう言いながら、片手の中指でメガネの中央を押し上げる。

「野村は何らかの目的があって、プライベートパソコンに、この10人のカルテを移した。その際、カルテの細かな部分をカットしたんだ。それが自分の目的に必要のないものだったからだ。そこから考えて、野村の目的は、病状の研究や投薬の検討のためじゃない。」

私は、それをノートに書きこんだ。

いろんな人の症状を全部まとめて簡単な言葉にしているというのは、確かにそうとしか考えられなかった。

「この10人は、年齢も性別もバラバラだ。ただ1つ共通しているのは、この高砂公園付近に住んでいるってこと。」

それで、上杉君はここに来たんだ！

私は手を伸ばして携帯を受け取り、スクロールしながら全部に目を通した。

10人のうち7人までの住所が、この高砂団地内。

残りは、道路を挟んで反対側の一戸建て地区だった。

「上杉君、よく、この共通点に気づいたよね。」

そう言いながら目を上げると、こっちを見ていた上杉君と視線が合った。

上杉君は、わずかに赤くなって横を向く。

え・・・何だろ、この反応。

私が首を傾げていると、上杉君がポツンと言った。

「あのさ、睫毛長ぇ、とかも、ダメ？」

はっ⁉

「今、俺、そう思って、おまえのこと見てたから。」

ちょっとまぶしそうに目を細めながら、私の方に顔を向ける。

「この間、約束しただろ、仲間として扱うって。」

2つの目には、真剣な光があった。

「睫毛長いとかも、もしかして禁止ゾーン？」

おずおずと聞かれて、私は笑い出しそうになった。

いつも超然としている上杉君が、そんな小さなことにこだわってるのは、まったく似合わなかったから。

だいたい私も、上杉君を見てて睫毛長いって思ったこと、何度かあるし。

最初は確か「シンデレラの城は知っている」の中で、上杉君が倒れた時だったかな。

「睫毛は、男女に関係ないから、いいと思う。」

私が答えると、上杉君は、ほっとしたような息をついた。

「よかった。」

まるで生き返ったかのような表情だった。

それで私は、思ったんだ。
自分は、すごく無理なことを言ったのかなぁって。
確かにあの時、あそこにいた皆が困惑している感じだった。
後で黒木君から、その都度、調整していこうって言われたし。
もしかして、私の方が間違ってた？
そう考えた瞬間、野村さんの言葉が胸によみがえった。
あなたって硬い感じする、って言われたこと・・・。
人の気持ちなんて、わかりそうもないって。
心が、一気に沈んでいくような気分だった。

25 自分に恥ずかしくない自分

「この周辺、調べてみよう。何か発見があるかもしれない。」

上杉君に言われて、私は、重い心を抱えたまま立ち上がった。

「おまえさぁ、さっきからテンション落ちてね？」

上杉君は、かなり鋭い。

「どしたよ。」

探偵チームの中では、1番かもしれない。

私はそれで、いつもドキッとするんだ。

心がギュッと縮まってしまう感じ。

そんな時はいつも、カラをかぶるみたいにして身構えて、自分をかばう。

でも今日は、野村さんの言葉で頭がいっぱいだったから、つい本音がもれてしまった。

「私って・・・硬い？」

上杉君は、面食らったような表情になった。

「いきなり、そこ？」

手を上げて、くしゃくしゃっと自分の髪をかき回す。

「何気にしてんだか。別に、硬くてもいいんじゃね？」

公園の出入り口に向かいながら、私はうつむいた。

「硬いから、人の気持ちがわかりそうもないって言われた・・・」

クスッと笑う声が聞こえる。

「それ、間違ってるから。他人の言うことなんて、スルーしとけばいいんだよ。あ、おまえってひょっとして、あらゆる人間から理解されたい、好かれたいって思ってる人？」

そこまでは思ってないけど・・・。

でも、嫌われたくない。

「俺なんか、いつも言われてっぜ。上杉は冷血で、尖ってて、傲慢で、やな奴だって。」

私は、びっくりして上杉君に目を向けた。

だって、ずいぶんひどい言われ方だもの。

どうしてそれで、平気でいられるんだろう。

「でも俺、気にしてない。自分のことは、自分でわかってればいいんだ。自分自身に恥ずかしくないような自分であれば、それでいい。」

ああ、上杉君はエリートだから、な。

私は、ちょっと息をついた。

KZだし、「数の上杉」だから、皆から特別視されている。

それは、ある意味、免罪符だもん。

免罪符って、それを持っていれば、罪を許されるっていう証書のこと。

たとえ上杉君が、本当に冷血で尖ってて傲慢でやな奴だったとしても、特別な人間だから許される。

でも私は、そうじゃない。

普通で、平均的だから、いつも皆の意見を気にしてなけりゃならないんだ。

そんな気持ちって、きっと上杉君にはわからないだろう。

「そう・・・」

短く答えて私は、上杉君と一緒に公園を出た。

自分のすぐ隣にいる上杉君を、とても遠くに感じながら団地の周りをぐるっと1周する。

「あ、これ、見とこうぜ。」

上杉君が足を止め、親指で、市の掲示板を指した。

このあたりの地図と、住居表示が書かれている。

私はカバンから事件ノートを出して、それを書き留めた。

「上に神社があるみたいだな。そこまで行ってみよう。」

道が、いく分斜めになっているのは、このあたり一帯の土地が傾斜しているからだろう。

その1番下にあるのがさっきの公園で、そこが高砂3丁目だった。

公園に隣接している団地は高砂2丁目、そこから少し上った所にある神社は、高砂1丁目となっている。

団地の脇を通って私たちは、神社に向かった。

やがて道の左手に高砂神社と書いた石柱が見える。

その奥に、境内に上る階段が続いていた。

「高砂って、時々聞く名称だけど、なんか意味があんの?」

私は、憂鬱な気持ちを心の隅に追いやって、普通の声を取り繕った。

「おめでたいとか、縁起がいいって意味があるよ。語源は、お能、つまり能楽の曲名の1つで、そこから転用して使われるようになった言葉。能楽の方は、松の精霊たちが人間の姿で現れる話で、テーマは長寿と愛情。昔は、結婚式なんかでよく謡われたみたい。幸せで長生きするってイメージだから、土地の名前にも使われることが多いんだ。結婚式で新郎新婦が座る場所のことも、高砂って言うしね。」

上杉君は納得したようにうなずいて背中を向け、ポケットに手を突っこんで境内への階段を上り始める。

「よく知ってるよな。簡潔にまとめて説明できるし。」

そう言いながら肩越しに振り返り、こちらを見下ろした。

「やっぱ、おまえ、KZに必要だよ。」

メガネの向こうの鋭い目が、微笑みを含んでやさしく潤んでいる。

「今おまえが言ったみたいなこと、他の誰にも言えない。その部分をフォローできる奴って、俺たちの中にいないんだ。若武にも小塚にも黒木にも美門にも無理だし、俺にも、もちろんできない。この間おまえが出した条件、これからのKZは男女の性別を超え、人間としてお互いを成長させるグループを目指すってヤツね、おまえがそう望むなら、俺、それを守るよ。今ここで改めて約束する。KZには、おまえがいなくちゃダメだと思うから。」

私は、自分の鼓動が高くなっていくのを感じながら、それを聞いていた。

皆から仲間として必要とされること、それこそが私の望みだったから。

「俺たち、うまくやってこうぜ。」

私はうつむき、自分は必要とされているんだってつぶやいた。

とてもうれしかった。

涙が出そうになるくらい・・・。

「ほら、さっさと来い。」

顔を上げると、上杉君の姿が神社の門の向こうに隠れるところだった。

声だけが聞こえてくる。

「ぼやぼやしてると、おまえ、秀明、遅れっぞ。俺も若武のサポート、黒木と交代しなくちゃならないし。」

私は急いで階段を上り、境内に入った。

上杉君以外に人の姿はなく、右手には手水舎、正面には拝殿があってそばに松の木が植えてある。

「普通の神社だよな。変わってねーし。」

私たちは、ひと通り境内を歩いてみた。

特に気になるようなものは、何もない。

「ついでだから、裏も見とこう。」

上杉君の後について、拝殿の脇を通り、神社の裏手に向かう。

そのあたりは杉の木が茂っていて薄暗く、地面に掘った穴の中にお雛様が捨てられていたりして、何となく気味悪かった。

杉の林の向こうには、白いタイル貼りの大きな建物が見える。

「あれって何だろ。俺、見てくるから、ここにいなよ。」

そう言ってから、上杉君ははっとしたように顔をしかめ、私の顔色をうかがった。

「もしかして、これがいやなんだっけ。」

そうだよ！

「じゃ、一緒に行こ、か。」

私はうなずき、上杉君に続いてその杉林を通り抜けた。

タイル貼りの建物を取り囲んでいる大谷石の塀に沿って、その正面に出る。

そこには立派な門があって、高砂メッキ工業と書かれた表札が出ていた。

敷地も広く、門の内側には和式庭園や池も造られている。

「メッキ工場か。でも営業してないよな。」

よく見ると、門も塀も建物も、どことなく古びていた。

玄関にはシャッターが下りていて、カーテンの閉まっている窓は所々ガラスが割れているし、庭園には雑草が生えている。

池の水も汚れて、青粉がいっぱい浮かんでいた。

「ここ1、2年、メンテナンスされてないって感じ。」

上杉君がつぶやき、門から中に踏みこんでいく。

私も、ついていった。

「誰もいない、か。」

そう言いながら、足を止める。

「あっちに別棟がある。」

タイル貼りのその建物から、1メートルほどの短い渡り廊下が出ていて、家につながっていた。

家の窓が少し開いていて、中でカーテンが揺れている。

わずかに影が横切るのが見えた。

「人がいるみたいだな。」

上杉君がそう言った、その瞬間だった。

家の脇から大型の犬が2匹、前後して走り出してきたんだ。

巨大といってもいいほど大きなシェパードで、私は心臓が止まってしまいそうになった。

2匹は、私たちの前で足を止め、こっちをにらみながら低いうなり声をもらす。

今にも飛びかかってきそうだった。

上杉君が犬に正面を向けながら私の方に腕を伸ばし、手首をつかんで自分の背中の後ろに引きこむ。

「おまえ、足、速い？」

私は、息を呑んで答えた。

「まあ、そこそこ。」

上杉君はメガネをはずし、制服の胸ポケットにつっこむ。

「じゃ俺が注意を引いてるから、その隙に逃げろ。」

犬は口を開け、荒々しい息をもらしながら鼻に皺を寄せ、牙をむいた。

「そんで、誰か、呼んできてよ。」

私は、夢中でうなずく。

こんな時になんだけど、突き刺すような目で犬を見すえている上杉君の横顔は、胸が痛くなるほどカッコよかった。

「３からカウントダウンして、ゼロで俺が動く。おまえは、犬が２匹とも俺に向かってくるのを確認したら、すぐ門に向かって走るんだ。」

２匹をにらんだまま上杉君は制服を脱ぎ、それを右腕に巻きつけて身構える。

「いいか、いくぞ、３、２、１、ゼロっ！」

叫んだ上杉君が、腕を振り上げて犬を挑発するのと、それを見た犬たちが地面を蹴って次々と飛びかかるのが、同時だった。

犬ともつれあって地面に転がりながら上杉君は、上着を巻いた片腕で自分の喉をかばう。

犬たちはのしかかり、左右からそれに噛みついて、引きちぎろうとした。

私は、すくみそうになる自分の脚を励まし、門に向かって一目散っ！

誰かを呼んでくるか、１１９番に連絡するか、早くしないと上杉君が危ないっ!!

とにかく、人か、電話を見つけないと!!

26　やべぇ、俺

門から走り出すと、ちょうど神社の境内の方から、箒を持ったオジさんが出てくるところだった。

作務衣を着ていて、社務所の人みたいに見えた。

「助けて！　あのメッキ工場の中で、友だちが犬に襲われたんです。」

オジさんは箒をつかんだまま駆け出し、私の脇を通って門から飛びこんでいった。

「こらぁっ！　離れろっ!!」

上杉君にのしかかっている2匹の犬の背中を、箒で乱打っ！

「離れろったら、リトルジョン、ビッグジョン、落ち着け、離れるんだ。」

散々に打たれた犬たちは、悲鳴を上げて上杉君の上から飛びのく。

「ハウス、ゴー、ハウス。リトルジョン、ビッグジョン、ハウスっ！」

2匹は、脚の間に尻尾を巻きこみ、家の方に逃げこんでいった。

「君、大丈夫か!?」

オジさんの声で、上杉君は、自分の首に固く巻きつけていた腕をどける。

「はい、大丈夫です。すみません。」

そう言ったものの、その場に横たわったまま、放心したように天を仰いで身じろぎもしなかった。

どこか痛めてるのかもしれない。

私が心配して見ていると、やがて全身で大きな息をつき、反動をつけて体を起こした。

立ち上がって服を払い、こっちを見てちょっと笑う。

「どこも嚙まれてないし。」

私は、ほっとした。

倒れた時にできたらしい頰の傷に血がにじんでいたけれど、そのくらいですんでよかった。

だって、すごいバトルだったんだもの。

「これ、ひどくね？」

そう言いながら上杉君は、腕に巻いていた上着を取り、大きく広げた。

それはもうズタボロで、所々にはっきりとわかる牙の跡もあり、私は、めまいがしそうになった。

だって上着でかばっていなかったら、上杉君自身がそうなっていたに違いないんだもの。

「こっちも、やられたし。」

ポケットに入れていたメガネも、曲がっていた。

上杉君は、それをそのままかける。

「似合うか？」

すごくマヌケな感じだった。

私はクスクス笑ったけれど、本当はわかっていた。

上杉君は、私の心にしみついている恐怖を消そうとしているんだって。

やさしいよね、絶対そうは見せないけれど。

「こら、君たち、」

後ろでオジさんが咳払いをした。

「笑ってるんじゃない。ここは私有地だから、やたらに入っちゃマズいよ。まぁ犬の放し飼いも、かなりマズいが。」

上杉君はオジさんに向き直り、勢いよく頭を下げる。

「すみませんでした。廃屋かと思ったんで。」

オジさんは不愉快そうな表情で、犬の逃げこんでいった家の方に目をやった。

「工場は、もう動いてないんだけどさ。家には、まだ住んでるんだ。それにしても自分の犬の不始末なんだから、出てきて、ひと言ぐらい謝るべきだと思うけどね。」

上杉君は、メガネを直しながらちらっと私を見た。

切れ長のその目に、鋭い光がきらめき始めている。

「住んでいるのは、メッキ工場の持ち主ですか。」

オジさんはうなずいた。

「社長は3年前に病気で亡くなってさ、独身だったんで、遺産は全部、海外に住んでいた弟の手に渡ったんだ。あの犬もね。」

へえ、犬って遺産になるんだ。

「その弟が、1人でここに引っ越してきて工場を引き継いだんだけど、うまくいかなくって、一昨年あたりからは廃業状態。まぁ突然、工場を譲られても、何も知らない人間がうまくやっていけるはずないいんだけどね。」

ん、そうだろうなぁ。

「犬は、前の社長の時から飼ってるから、近所の連中の言うことも聞くけれど、弟の方は海外生活が長かった人だし、工場がうまくいかなくなってからすっかり家に引きこもって、近所付き合いもしなくなってさ。」

きっと相当ショックだったんだね。

「自治会費も払わないし、ピンポン鳴らしても出てこないし、近隣の皆が困ってるんだ。」

上杉君のポケットで、携帯が鳴り出す。

「ああタイムリミットだ。」

上杉君は携帯を出して音を止め、オジさんにもう1度頭を下げた。

「本当にお世話になりました。僕たち、塾の時間なので、これで失礼します。」

オジさんはうなずき、うらめしそうに家の方を見た。

「あの弟が、君くらい礼儀正しかったら助かるんだがなぁ。」

上杉君はクスッと笑い、私に視線を流す。

「行こ。」

私もオジさんにお礼を言い、上杉君と一緒にその場を後にした。

いったん神社に戻り、境内を通って階段を降りる。

途中で、また上杉君の携帯が鳴り出した。

今度はアラームじゃなかったみたいで、上杉君はディスプレイに浮かんでいる名前を見て苦笑した。

「黒木先生だ。若武のサポート、早く交代しろって催促か。」

そう言いながら耳に当てる。

「俺。」

短く言って口をつぐみ、しばらく黙って聞いていたけれど、突然、ビクッと顳顬を動かした。

2つの目に冷ややかな光がきらめき、きれいな形をした薄い唇には、不敵な感じのする笑みが浮かび上がっている。

「それ、100パー、マジ？」

私は、胸がドキドキした。

きっと何か、新しい事実がわかったのに違いないと思って。

「了解。終わったら、そっち行くから。」

そう言って電話を切り、上杉君は私を見た。

「黒木が、飯島を探し当てたぜ。」

活気を帯びたその目は、とても誇らしげだった。

「若武のサポートしながら、やったんだ。すげぇよ、あいつ。」

今、私たちが抱えている謎は、全部で9つ。

その中で飯島という名前は、5番目の謎になっていた。

野村の携帯のアドレス帳で、ただ1人、「様」付けをされていない正体不明の人物。

「飯島のフルネームは、飯島四郎。今年42歳。3年前にこの市に引っ越してきた人物で、今の住所は、高砂1丁目。」

私は、思わずあたりを見回してしまった。

だって、それって、この神社付近だったんだもの。

「職業は、メッキ工場の経営。会社の名前は、高砂メッキ工業。」

わっ、あそこだっ！

じゃ3年前に死んだ社長の後を継いだ弟っていうのが、飯島四郎なんだ!!

「俺さ、引き返して、もう少し様子を探ってみる。おまえは、秀明に行く時間だ。ここで別れよう。行けよ。」

私は、すごく不満だった。

だって、せっかくおもしろくなってきたのに！

上杉君がニヤッと笑う。

「お互いに自分のすべきことをしようぜ。俺は調査、おまえは秀明。さ、行きな。クラブハウスで会おう。」

後ろ髪を引かれるって言葉があるけれど、この時の私の気持ちは、まさにそんな感じだった。

上杉君は身をひるがえし、さっさと階段を上っていく。

うらめしく思いながら見上げていると、その足が突然、止まった。

ゆっくりとこちらを振り返る。

「さっき、ごめんな。」

私は、びっくりした。

何のことかわからなかったから。

息を呑んでいると、上杉君は階段を降りてきて、私の近くに立った。

「恐かっただろ。俺がもうちょっと気をつけてれば、あんなことにならずにすんだのに。」

くやしそうに細めた目の、すぐ下に、まだ血のにじんでいるすり傷があった。

「俺がぼんやりしてたからだ。おまえがPTSDになったら、俺のせいだよ。」

PTSDって、心的外傷後ストレス障害のことだ。

この間、パパが言ってたもの、衝撃的な体験をすると、心に傷が残って、いろいろな障害が出ることがあるって。

でも、1番ひどい目にあったのは、上杉君なんだよ。

そんなこと何も言わないで、私のことばかり気にして、自分を責めるなんて。

私は、胸がジーンとした。

すごく潔癖なんだね。

でも、それじゃ上杉君自身がかわいそうだよ。

張りつめているその気持ちを和らげたくて、私は、できるだけ明るい口調で言った。

「私なら全然、平気だし、それに、もしそうなったとしても上杉君のせいじゃないよ。私たちは、お互いに納得して役割分担をしたんだもの。」

上杉君は、驚いたように私を見た。

その目がとても緊張していたので、私は、解きほぐそうとしてニッコリした。

「上杉君の役目は、犬を引きつけておくことで、私の役目は人を呼んでくること。私たち、それぞれに頑張ったじゃない。だからメッキ工場の情報が手に入って、黒木君の調査と接点ができたんだよ。最初に上杉君が言ってたみたいに、私たちは、うまくやったってことでしょ、ね！」

上杉君は、じいっと私を見つめた。

真っすぐに、食い入るように、じっと。

その2つの目から、しだいに緊張が消えていく。

「やべぇ、俺、」

つぶやきながら上杉君は両手をズボンの前ポケットに突っこみ、空を仰いで心の底から吐き出すような溜め息をついた。

「マジで、やべ・・・」

27　命知らずの上杉

それは、ごく低い声で、半ば以上が溜め息にかき消されていた。

上杉君が自分自身に向かってつぶやいているってことは、よくわかったんだけれど、でも私は黙っていられず、思わず聞いてしまった。

「何が、ヤバいの？」

上杉君は、視線を私に流した。

さっきとは全然違って鋭く、厳しく、突き放すような目付きだった。

「独り言だから。」

俺のメンタルに入ってくるな、と言いたげな表情で、そのまま背中を向け、階段を上っていく。

残されて私は、首を傾げつつ秀明に急いだ。

でも授業が始まってからも、ずうううっと事件のこと考えていたんだ。

謎その5は、解決した。

野村が《様》を付けず、何度か連絡を取っていた飯島という人物は、高砂メッキ工業の今の社長なんだ。

でも、3億円を持っていた皮膚科医と、潰れたも同然のメッキ工場の社長、この2人って、どういう関係なんだろう。

なぜ野村は、飯島四郎に《様》を付けていなかったの?

ああ、なんか、謎が増えてる気がする・・・。

私は頭を悩ませつつ、授業が終わると超特急で家に帰り、自転車を持ち出して、秀明グラウンドに向かった。

前みたいにクラブハウスのトレーニングルームに行くつもりで、グラウンドの東側にあるフェンスの出入り口に自転車を置いたんだ。

用具置き場になっているいくつかの物置の間を抜けると、すぐ前がサッカーグラウンドで、そこに若武の姿があった。

メニュー表を手にした黒木君と一緒に、ランニングをしている。

私は、見つからないように物置の陰に隠れた。

若武はたぶん、見られるのをいやがるだろうと思ったから。

「あと3周。」

若武の膝は、時々カクンと曲がってしまう。

そのたびに転んだり、横倒しになったりして、長く走っていられなかった。

それでも若武は起き上がって走り、倒れても、また体を立て直して走った。

砂だらけの顔を上げて前を見つめ、サポーターでボテボテになった脚を動かし、懸命にメニューをこなしていたんだ。

ちょっとうまくいかなかっただけで癇癪を起こしたり、毒づいたりする今までの若武とは、まるで別人だった。

我慢をし、自分の不幸にじっと耐えて、そこから立ち上がろうとしている。

その姿は、強い風みたいに私の胸を打った。

私は、涙ぐんでしまいながら若武を見つめていた。

この努力が報われるといい、きっと報われるはずだ、そう思いながら祈った。

神様、若武に力を貸してください、どうか若武の願いを叶えてあげてくださいって。

「よし、アップ。」

黒木君が、首から下げていたストップウォッチを止める。

「今日は、かなりきつかっただろ。アイシングしようぜ。歩けるか。」

若武は荒い息を繰り返しながら黒木君に寄りかかり、その肩を借りてクラブハウスの方に向かっていった。

2人がすっかり見えなくなるまで待って、私はクラブハウスまで行き、受付窓口の向こうにいる事務員さんに声をかけた。

「あの、若武君たちは、どこにいますか。」

事務員さんは窓口のガラス窓を開け、そこから体を出して廊下を見まわした。

「さっきグラウンドから帰ってきたみたいだったけどね。シャワー室か、メントレ室かな。ああ2階のA−3ミーティングルームに予約が入ってるから、そこに来るんじゃないかね。入るんなら、申請書出してね。」

私は、言われた通りに申請書を書いて、2階の部屋に上がった。

前と同じ部屋だったから、なじみがあって、まるでKZ専用の会議室みたいに思えた。

事件ノートを出し、今日あったことを整理する。

やがてノックが響いて、車椅子の若武と、それを押す黒木君が姿を見せた。

「あれ、アーヤだけか。」

若武は、ちょっとがっかりした様子だった。

きっと皆がそろって、新しい情報をバンバン報告してくれることを期待していたのに違いない。

私は急いで事件ノートに目を走らせながら、口を開いた。

「上杉君は、高砂地区で調査してる。ここで会う約束だから、終わったら来ると思う。黒木君から連絡があったから、それに関連しての追加調査なんだ。その前に、私たちがつかんだことを報告しておくね。」

若武が喜んでくれるといいと思いながら、私は、私たちに与えられた謎の6、なぜ10人のカルテがプライベートパソコンに入っていたのか、謎の7、そのカルテには、どうして正確な病名もしくは症状が書かれていないのか、についての調査の結果を話した。

「上杉君の考えでは、野村は、何らかの目的のためにこの10人のカルテをまとめて保存していた。その際、細かな部分をカットしたのは、それが自分の目的に関係のないものだったから。皮膚疾患ということだけはっきりさせておけばよいと、判断したんだってことだった。この10人の共通点は、高砂公園付近に住んでいること。それで高砂地区を調べたところ、高砂1丁目に廃業した高砂メッキ工業があるのを発見。黒木君からもらった情報と擦り合わせた結果、この経営者は、謎の5に上げられていた飯島であることが判明した。またこの高砂メッキ工業の以前の経営者は、この飯島の兄で、3年前に病死したこともわかった。以上。」

若武が不満そうな声を上げる。

「あのさぁ、」

車椅子の肘かけに乗っている手の先で、5本の指がいらだたしげに動いた。

「それ、方向違うじゃんよ。おまえたち2人の任務は、謎の6と7の解明だろ。なぜ10人のカルテがプライベートパソコンに入っていたのか、そのカルテには、どうして正確な病名もしくは症状が書かれていないのか、だぜ。」

そこは、わからなかったんだよぉ・・・。

「まぁまぁ若武先生。」

黒木君が、若武の肩をたたいてなだめた。

「謎の5が解けたんだから、ここはそれでいいってことで。」

私はほっとして、黒木君に微笑んだ。

「上杉君が、黒木君の調査力に感激してたよ、すげぇって。」

黒木君はポケットからスマホを出し、ちょっと振ってみせる。

「今回は、コネ頼みだからさ。自分で動かなくても、電話1本でできたんだ。若武先生の面倒をみながらでも、まぁ、こなせる範囲だよ。」

そう言いながら両腕をテーブルに載せ、私と若武を見た。

「俺が気になってるのは、飯島家なんだ。」

え、なんで？

「3年前に病死した前の社長の名前は、飯島三郎。死亡時の年齢は、43歳だ。三郎があそこに高砂メッキ工業って会社を作ったのは、9年前のことだよ。当時は、すごく羽振りがよかったらしい。あの土地は神社のものだったんだけれど、かなりな値段で買い上げたって話だ。この市の住民全員を見下ろすところに会社を建てたいって強く望んでいたみたいだよ。」

わぁ、上から目線願望だぁ・・・。

もしかして屈折してる人とか？

「飯島三郎の生家は、近郊の農家だ。兄弟は4人。一郎、二郎、三郎、四郎。」

わかりやすい。

「長男の一郎は自動車修理工場に勤めていたが、両親が早く亡くなったため、農家を継いで、3人の兄弟の親代わりを務めた。この手伝いをしていたのが二郎。ところが一郎が借金をして始めた果物の栽培がうまくいかず、二郎は家計を支えるために就職した。これが12年前のことだ。その2年後、一郎は借金を残したまま失踪、直後に二郎も、自殺している。」

私は痛ましく思いながら、それを事件ノートに書き留めた。

二郎は、親代わりだった長男の失踪や借金で、生きる希望をなくしてしまったんだろうな、きっと。

「三男の三郎は、高校を卒業して市内にある下水道工事の会社に就職していた。そして9年前、あの高砂メッキ工業を設立したんだ。」

早くに亡くなった両親や、その後の2人の兄の不幸を考えると、三郎が、この街や住んでいる人々を見下ろしたいと熱望した気持ちも、わからないでもなかった。

つらかった時代に馬鹿にされたり、軽く見られたりしていて、それを見返したかったんだよね、きっと。

「この三郎が病死したのが、3年前。」

若武が、うめくようにつぶやく。

「なんか不幸な家系だよな。」

そうだねぇ。

「4人の中では1番恵まれてたのが四郎で、高校卒業後ベトナムに渡り、自力で海老の養殖の会社を立ち上げている。3年前これが失敗したんだけど、ちょうどその頃、三郎が死んだんで日本に戻ってきて遺産をもらって、あの工場を継いだんだ。」

でも、その後はうまくいってないみたいだから、やっぱりお気の毒だよね。

「で、さぁ、黒木、」

若武が、シャンプーしたての髪を、片手でかき上げる。

「その飯島家の、どこが気になってるわけ？」

黒木君の目に、艶やかな光が浮かび上がった。

「12年前、二郎が家計を支えるために就職した会社って、その2年後に3億円を強奪された銀行の警備会社なんだ。」

私は息を呑んだ。

「あの事件の時に、現金を輸送車に積みこんだ2人の警備員の1人が、飯島二郎なんだよ。」

若武が、きれいなその目をまたたかせる。

「なんか、血が沸き立つような気がする。」

黒木君が、ふっと笑った。

「三郎は、高砂神社の裏手の土地を買い上げて会社を興すのに、かなりの金を使ってる。だけど三郎が就職していた下水道工事会社は、従業員2人の零細企業だ。高卒で入社して辞めるまでの19年間で、それほど金を貯められるはずがない。もう1つ、10年前の3億円強奪の犯人は即死で、遺体の損傷がひどいために身元不明だ。一郎が姿を消したのも、ちょうど10年前なんだぜ。」

事件ノートを書きながら、私は背筋がゾクゾクした。

それらの話を総合すると、3億円強奪は、どうしたって飯島兄弟の犯行だと思わないわけにはいかなかったから。

「つまり、」

若武が腕を組む。

「一郎が、警備員の二郎と共謀して強奪計画を練り、逃走中にトレーラーに激突して死亡した。二郎は、兄の死のショックから立ち直れず、自殺。」

自殺の原因は、そっちかぁ・・・。

「残った三郎が一郎の失踪届を出し、その金を1人占めして、翌年、高砂メッキ工業を設立したってことだよな。」

ん、そう考えるのが自然だよね。

「ベトナムにいた四郎は、加わらなかったんだろう。でも一郎、二郎の役割はわかるけど、三郎は何をしたわけ？」

さぁ・・・。

「それに黒木の調べじゃ、現場にいたのは警備員2人だけだろ。その片方が二郎なら、確かに金を隠すことは可能だよ。だけど3億入ったジュラルミンケースって、でかいぜ。すぐ警察が飛んできただろうし、その時、不審な行動をしていたら疑いをかけられてアウトだ。隠すんならその前しかないけど、そんな時間あったのか。いったいどこに隠したんだ。車内も含めて隈なく捜索して見つからなかったんだろ。だから、通行人が持ち去った説になってるんだからさ。」

そうだよねぇ・・・。

「おまけに、このあいだまでその金を持っていたのは、全然関係のない野村泰介なんだぜ。」

う〜ん、謎だぁ！

私たちは顔を見合わせ、溜め息をついた。

「それは、」

黒木君が、私の広げている事件ノートを指差す。

「残りの8つの謎を、すべて解決した時にはっきりすると思うよ。でも俺たちも1度現場に行って、3億円事件を見直した方がいいかもしれないな。」

トントンとノックの音がし、ドアが開いて上杉君が姿を見せた。

「ここに来る前に小塚んとこに寄ってさ。」

そう言いながら入ってきて、黒木君の隣に腰を下ろす。

あのボロ布のような制服は、どこかに置いてきたらしく、カッターシャツ姿だった。

「高砂メッキ工業から持ってきた灰皿を置いてきた。飯島四郎は1人暮らしだ。灰皿についているのは四郎の指紋に決まってっから、検出してもらおうと思ってさ。」

私は半ば驚き、半ばあきれて上杉君を見つめた。

だって灰皿を持ってきたってことは、あのすごい犬がいた敷地に、また入ったってことなんだもの。

しかも人の家の物を持ち出してくるなんて。

上杉君は、なんて命知らずなんだろう。

私が固まっていると、上杉君はちょっと笑った。

「引き返していったら、ちょうど社務所のオジさんが飯島家に行くところだったんだ。犬の放し飼いに抗議するって言うからさ、一緒に行ったわけ。で、門の内側に小さな灰皿が置いてあったから、ちょっと借りてきた。立花、にらむな。後でちゃんと返す。」

別に、にらんでないけど。

「残念だが、上杉。」

若武が、リーダーを気取った口ぶりで言った。

「今の高砂メッキの社長、飯島四郎は事件に無関係だ。指紋照合なんて必要ないよ。」

上杉君は、軽く息をつく。

「そっか。じゃ、なんで医者に行かないんだろう。」

え？

「本人と会ったんだけど、恐ろしく顔色悪くてさ、息も苦しそうだったし、あれ完璧、どっか病気だよ。」

そうだったんだ。

「だから近所付き合いなんかも億劫で、やらないんじゃないのかな。だけど足がつくのが恐いから、医者には診てもらえない。そう考えてたんだけど、さ。」

私は、首を傾げた。

「さっきの話では、四郎は事件当時ベトナムにいたから、強奪には関係ないんじゃないかってことだったよね。」

黒木君がうなずく。

「まぁ、その時だけ帰国していたってケースも考えられないわけじゃないけど、可能性としては低いね。」

ノックが響き、翼がドアから顔を出した。

「遅くなってごめん。小塚んちに回って、借りてた鉱物の標本返してたから。」

若武が、突っこむような声を上げる。

「全部、嗅ぎ終わったのか。成果は？」

翼は、ドアの取っ手を持ったまま足を止めた。

「んっと、微妙。」

若武は、がっくりと肩を落とす。

「何だよ、それ。はっきりしないのか。」

私も、ちょっとガッカリだった。

「鉱物標本の中に、ピッタリした臭いがなかったんだ。近いのは、あったんだけどさ。あ、小塚は、まだ作業中だよ。上杉に頼まれた灰皿の指紋とかを照合してる。」

そう言いながら部屋に足を踏み入れ、直後に立ちすくんだ。

卒倒せんばかりの表情になって壁にもたれかかり、苦しげにつぶやく。

「う・・誰、この臭い。」

私たちは、キョトンとして顔を見合わせた。

だって、何にも感じなかったんだもの。

「おまえ、マスクかけとけよ。」

若武がそう言ったとたん、翼は、はっとしたように壁から身を起こした。

近くにいた黒木君の臭いを嗅ぎ、次に若武を嗅ぎ、それから上杉君に近寄る。

瞬間、飛び離れながら言った。

「上杉、おまえだっ！」

上杉君は、半分だけ開けた目で、ちらっと翼を見る。

「うっせぇな。だから何だよ。」

翼はポケットに手を突っこみ、そこからマスクを出すと、急いでかけながら私たちを見まわした。

「上杉の全身から、あのボストンバッグについてた気持ちの悪い臭いがしてる！」

28　9つの謎を解く

その場の空気は、一気に騒然っ！

若武も黒木君も、立ち上がらんばかりの勢いで上杉君の方に身を乗り出した。

もちろん私も。

「上杉、おまえ、どこで何やってたんだ!?」

若武が叫び、黒木君もめずらしく語気を強める。

「臭いのついた場所を思い出せっ！」

上杉君は自分のシャツをつまんで嗅ぎ、首を傾げた。

「別に、俺、感じねーけど。」

若武がわめく。

「おまえの鼻の鈍さについては、この際、どーでもいい。どこで何してたんだ!?」

私は、犬だと思った。

あの犬とバトルした時、その臭いがついたんだ。

「犬の唾液かも。」

上杉君が若武をにらみながらそう言い、私が付け足した。

「高砂メッキ工業で犬に襲われたの。その時、ついたんだと思う。」

若武は、にんまりする。

「同じ臭いが1億1千万の入ったボストンバッグにもついていたってことは、その犬がボストンバッグをなめたか、噛みついたかしたってことだよな。」

私は、深くうなずいた。

犬の唾液の付着、それが示しているのは、あのボストンバッグが飯島家に持ちこまれたという事実だった。

「よし、謎の1は、解決だ。」

若武の目には、強い力がこもっていた。

「上杉が持ち出した飯島家の灰皿からは、当然、四郎の指紋が出るはずだ。それが新札とボストンバッグの両方についていた指紋と一致したら、すっげぇぜ。」

若武がそう言い終わった時、ドアが開き、小塚君が現れた。

それで私たちは、声をそろえて叫んでしまったのだった。

「謎の4、新札とボストンバッグの両方についていた指紋は、灰皿のと一致した⁉」

突然の大合唱に、小塚君は唖然とし、目をパチパチさせながら答えた。

「完全に一致したよ。」

若武が、拳に握った両手をテーブルにたたきつける。

「イヤッホーッ！　やったぜ！」

怪我さえしていなかったら、いつもみたいに飛び上がっていただろう。

「アーヤ。」

喜びで目をキラキラさせながら、若武は私を見た。

「これで謎は、いくつ解けたんだ？」

生き生きとしたその表情は、胸に染みついてしまいそうなほど魅力的だった。

若武には、いつも、こんな顔をしていてほしい。

そう思いながら私は、小塚君が話した部分を急いで付け加えてから事件ノートを読み上げた。

「現在のところ、謎の1、ボストンバッグについていた不快な臭い、謎の4、新札とボストンバッグの両方についていた指紋の人物、謎の5、野村泰介の携帯の中で《様》付けされていなかった飯島の正体、の3つが判明しています。」

若武は、満足そうにうなずく。

「それらから推察できるのは、こういうことだ。あのボストンバッグと新札には、飯島四郎と野村泰介の2人が触っている。犬の唾液がついていたことから、その場所は四郎の家だ。ボストンバッグは泰介のものだし、俺たちが拾得した金は泰介が持っていたんだから、つまり泰介は、ボストンバッグを持って四郎の家を訪ね、そこで1億1千万を入れて持ち帰ってきたってことだ。」

黒木君が、わずかな笑みを浮かべた。

「それで謎の8も解けるよ。野村泰介は、1億1千万を今までどこに隠していたのか。隠していたのは泰介じゃなくて、四郎なんだ。家か会社に置いてあったんだと思うね。」

ん、たぶんそうだよ。

「よし、これで4つの謎が解けた。」

若武は勢いに乗って意気揚々とし、私たちも同様だった。

その時、部屋の中には、皆を呑みこむような熱い風が吹いていたんだ。

それは、謎を解明し事実を追究することで、真実に近づこうとする私たちの熱が生み出した風だった。

「飯島家に3億の金があったと考えれば、さっき俺たちが立てた飯島兄弟犯行説にもピッタリする。盗んだものの、番号を公表されていた新札1億1千万は使えず、残りの1億9千万を使って三郎が自分の会社を設立したんだ。」

間違いないっ！

「謎の3に上げたジュラルミンケースも、おそらく飯島家にあるぜ。」

きっと、そうだよ！

「あのさ、」

翼の凜とした目に、やんちゃな光がきらめいた。

「飯島家に忍びこんでみるっての、ありでしょ？」

若武が大きくうなずく。

「よし、それ、いこうっ！」

瞬間、静かな声が響いた。

「異議あり。」

上杉君だった。

「さっきからの話、聞いてると、疑問が3つ出てくる。」

そう言いながら冷ややかな目で、私たちを見まわす。

「3億円事件の犯人は、飯島兄弟ってことで大筋いいとしても、兄弟は、どうやって現場から金を持ち去ったんだ。交通事故は想定されてなかったんだから、まさか交差点で待機してて金を入手したってことはないだろ。どこで、どうやったわけよ。2つ目、その事件で三郎と四郎の果たした役割は、何？」

私たちは、まるで水をかけられた焚き火みたいにシュンとした。

3億円の強奪については、まったく調査していなかったから。

「3つ目、飯島四郎と野村泰介はどこで接触し、どういう関係なんだ。」

冷徹な感じのする上杉君の眼差しは、私たちに、浮つくなと警告しているみたいだった。

「これらを解決しないままで、他人の家に忍びこむって、どーよ。」

私は、多いに反省した。

上杉君の言う通りだ、自分たちは、調子に乗ってはしゃぎすぎていたって。

9つの謎のうち、はっきり突きとめられたのは4つで、全体の半分以下だった。

それじゃ、事件の全貌なんてわからない。

3億円事件にしても、もっときちんと調査をしないと。

「あの・・・」

小塚君がおずおずと口を開く。

「謎の2、ボストンバッグについていた金属臭の正体については、僕が説明できるよ、たぶん。」

翼が顔を輝かせた。

「突きとめたのっ⁉」

小塚君は、硬い表情でうなずく。

「それに謎の6、なぜ10人のカルテがプライベートパソコンに入っていたのか、謎の7、そのカルテには、どうして正確な病名もしくは症状が書かれていないのか、についても、はっきりさせられると思う、たぶん。」

29　とんでもない大事件っ！

小塚君が、2度も《たぶん》を使ったのは、きっと自信がなかったからだ。

私は、励ましの気持ちで胸をいっぱいにしながら小塚君を見つめた。

ここは、小塚君のシャリ能力に期待するしかなかったから。

それが私たちの調査を前進させてくれることを、一心に願っていたんだ。

皆も同じ思いだったらしく、部屋の中は、急にシーンとした。

「説明する前に、1つ、聞いておきたいことがあるんだ。」

そう言いながら小塚君は、私の方を見た。

「記録を見てくれる？　調査の途中でセメント会社か印刷会社、あるいはメッキ会社が出てきてないかどうか。」

私はびっくりした。

どうして小塚君に、それがわかったのかと思って。

「メッキ会社があるよ。謎の5で名前が上がっていた飯島、フルネームは飯島四郎なんだけど、

3年前にベトナムから帰ってきてメッキ工場を経営してるんだ。病死した兄の三郎の遺産なの。高砂メッキ工業っていって、自宅と同じ敷地内で、2つの建物は短い渡り廊下でつながってる。」

小塚君は、納得がいったというような表情だったけれど、その顔つきは、さっきよりもっと強張っていた。

「じゃ、もう1つ、試させて。」

ナップザックから小さなビニール袋を出す。

「美門、これ嗅いでくれる？」

そこには黒い砂のようなものが、ほんのわずかだけ入っていた。

「毒性があるから気をつけて。」

毒性という言葉が私たちの間を走り回り、部屋の中に緊張した空気が広がる。

「深く吸いこまなければ、大丈夫だから。」

皆が息をつめ、ビニール袋に鼻を寄せる翼を注視した。

「ん、これ、」

翼は一瞬、嗅いだだけで顔を離し、ビニール袋のファスナーを閉める。

「ボストンバッグの脚についていた臭いと、ドンピシャ。今度こそ間違いないよ。」

小塚君は、ほっとしたような息をついた。

「ああよかった。ここに行きつくまでには、いくつかの選択肢があって、切り捨ててきたものも多かったから心配だったんだ。でもメッキ会社があるってわかって、やっと確信が持てたんだけど。」

若武がいらだたしげに舌打ちする。

「小塚、ダラダラしゃべってないでさっさと説明しろよ。その粉、何なんだ。」

上杉君がムッとしたように若武をにらんだ。

「黙って待ってればいいだろ。小塚を威嚇すんじゃねーよ。」

2人の間に、たちまち険悪な雰囲気が広がり、小塚君があわてて言った。

「それは、鉱滓だよ。」

は？

「ごめん、最初から説明するから。」

そう言いながらテーブルを回って空いた椅子に腰を下ろし、ナップザックの中からスマホを出した。

「美門に鉱物の標本を全部嗅いでもらって、1番近いって言われた臭いが、クロム鉄鉱石だったんだ。これだよ。」

その映像をスマホの画面に広げて、私たちに見せる。

「クロム鉱石は、いくつかの成分からできている。クロムとか鉄、マグネシウムとかね。」

確かに、いろいろなものが交じってる感じの石だった。

「だから僕は、クロム鉱石の成分の1つがボストンバッグの脚についていたんじゃないかと考えた。美門は、今まで嗅いだことのない臭いだとも言ってたから、クロム鉱石を作っている成分の中で、自然界にあまり存在しないものを探してみた。それで6価クロムに着目したんだ。クロムって、いくつかの種類があるんだけれど、そのうちの6価クロムは自然界にほとんど存在してない。クロム鉱石の中にだけあるんだ。なぜって酸化しやすくて、自然界ではすぐに3価クロムに変わってしまうからだよ。」

私は、ほとんど呆然として聞いていた。

まるで知らない世界のことだったから、自分が足元の見えない霧の中を歩いているような気分だった。

「だけど人工的に作ることはできる。3価クロムを高温で焼けばいいんだ。で、それを美門に嗅いでもらったんだけど、クロム鉱石よりは似た臭いだけど違うって言われた。でも僕は、6価クロムの可能性を捨てきれなかったんだ。それで今度は化合を変えて、クロム酸鉛とか、クロム酸亜鉛を試してみた。」

話は、いっそう専門的になってくる。

ちょっとでも聞き逃せば、全然わからなくなってしまいそうだったから、私は、小塚君のひと言ひと言に耳をそばだてていた。

「それで最後に、クロム鉱滓に行きついた。クロム鉱滓っていうのは、要するに産業廃棄物だよ。さっき僕が名前を並べたセメント、印刷、メッキ工場では、作業にクロム鉱石を使っている。その過程で非金属性のカスが出るんだ。これがクロム鉱滓。今、美門に嗅いでもらった物だよ。中には、6価クロムが含まれている。」

私たちはいっせいに、翼が持っているビニール袋を見た。

そうして改めて見てみると、その黒い粉は、とても不気味だった。

「飯島がメッキ会社を経営していることを考え合わせれば、ボストンバッグの脚についていたのは、この鉱滓に間違いないと思う。」

若武が、ようやく笑顔を見せる。

「よし、謎の2は解明されたぞ。」

私たちは、ほっとして笑みを交わし合った。

でも小塚君だけは、相変わらず硬い顔付きのままだった。

「6価クロムは毒性が強い。致死量は、0・7グラム前後だ。」

すごい！

0・7グラムっていったら超微量なのに、それだけで人が死ぬなんて。

「6価クロムを含んでいるクロム鉱滓は、産業廃棄物として国の指定した処分場に運ばなければならないことになっている。でも飯島四郎がそれをしていたら、ボストンバッグの脚につくなんてことはないよ。」

それで私にはようやく、小塚君が硬い表情をしている理由がわかった。

ボストンバッグの脚の臭いは、それが鉱滓の上に置かれていたという、確かな証拠なんだ。

高砂メッキ工業では、有害物質である鉱滓をきちんと処分してないのかもしれない。

そう考えると、背筋がゾッとした。

「国の指定場所に運ぶには、手間もかかるし、輸送料金や廃棄料を払わなければならないからね。たぶん四郎は、」

そう言いながら小塚君は、その目に恐ろしそうな光を浮かべた。

「鉱滓を、自宅の敷地内に埋めているんだと思う。」

皆がギョッとしたように身を乗り出す。

「それが地震や大雨で露出してきて、風で舞い上がって家や会社の中に入ってるんじゃないかな。6価クロムは発がん性物質だ。鉱滓の粉末を吸いこんでいれば、当然、障害が出る。きっと飯島四郎は、健康を損ねているはずだよ。」

私は思わず、上杉君を見た。

だって上杉君は、飯島四郎が病気だと、はっきり言ったんだもの。

それって、鉱滓のせいだったんだ。

「それだけじゃない。」

小塚君は、いっそう切羽詰まった声になった。

「野村皮膚科が持っていた患者のカルテを思い出してみて。高砂地区の人間ばかり10名が皮膚疾患だっただろ。6価クロムは、皮膚障害も起こすんだ。6価クロム化合物の中には、水に溶けやすいものもある。高砂地区の土地は、傾斜しているだろ。1番高い所にある高砂メッキ工業に鉱滓が蓄積されているとすれば、雨水に溶け出して、そこより下の地区を汚染しているはずだ。10名の患者は、高砂メッキ工業の敷地のどこかに鉱滓があるってことの証明だよ。」

大変だ！

早く手を打たないと、患者が増える‼

上杉君が、大きな息をついた。

「それでわかった。俺、今までどうにも腑に落ちなかったんだ。医者が同じ地域の患者に注目してピックアップするなんて、まずありえねぇもん。同じ症状の患者に注目するなら、アリだけどさ。」

それは、私なんかには気づけないことだった。

お医者さんを両親に持つ上杉君だからこそ、わかったんだ。

「つまり野村泰介は、自分の患者を診ていて、同じ症状の皮膚疾患10人に着目した。その症状から、原因がクロム鉱滓であると判断し、患者たちの近くに工場があるものと考えて探した結果、高砂メッキ工業を見つけた。もちろん、その社長の名前には、《様》なんかつけない。」

私は、その意見を事件ノートに書き留めた。

これで謎の2、ボストンバッグについていた金属臭の正体がはっきりした。

謎の5、野村泰介の携帯の中で、飯島が《様》付けされていなかった理由も解明されたことになる。

「野村泰介は、飯島四郎から1億1千万をゲットしている。これはつまり、」

上杉君の言葉に重ねるように、若武が叫んだ。

「泰介は、四郎を強請ったんだ。」

黒木君が、その後を続ける。

「脅迫材料として、10人分のカルテが必要だった。皮膚疾患であることと、患者の住所だけがはっきりしていればいいから、皮膚科医院のカルテをプライベートパソコンに移し、簡素化して四郎に送信したんだ。削除されていた送信記録は、その時のものだ。それを受けた四郎は、やむなく泰介を自宅か会社に呼び、1億1千万を渡した。」

私は、書く手を速めた。

謎の6、10人のカルテがプライベートパソコンに入っていた理由、そして謎の7、そのカルテに、正確な病名もしくは症状が書かれていないわけも、これで解決されたのだった。

「待って。」

翼が首を傾げる。

「飯島四郎がそんなに簡単に、そのヤバい金、手放す？　野村泰介が使ったり、銀行に持ちこんだりすれば、その時点で10年前の強奪が発覚して警察の捜査が始まる。四郎が金を持っていたってことは、すぐにバレるよ。そんなことしなくても、理由をつけてあと1か月待たせればいいだけでしょ。そしたら時効で、罪に問われなくなるんだから。」

私は、思わず手を止めた。

「四郎も、知らなかったんじゃない？」

皆が、いっせいにこっちを見る。

いつもの私だったら、気後れしたかもしれなかった。

でもその時は、自分の思いつきに夢中だったから、その余裕もなかったんだ。

「ベトナムに住んでいた四郎が、3人の兄の犯行を知らなかったとしても、不自然じゃないと思う。帰ってきたのは、前の社長の三郎が死んでからだから、直接、話を聞くこともできなかっただろうし。何かの折に、会社の中にある大金を発見して、得体の知れない不審な金だと思っても、番号が公開されているとまでは考えなかったんじゃないかな。翼みたいに、10年前に警察が発表した新札の番号を覚えてる人なんて、そうはいないもの。そこに野村泰介から脅迫があったから、それを渡してしまったとか。」

若武がきっぱりと口を開く。

「きっとそうだ。よし、これで謎の9、番号が公表されている新札なのに、なぜ使おうとしたのか、もはっきりした。」

小塚君がうなずいた。

「鉱滓の不法投棄も、やったのは四郎じゃなくて、前の社長の三郎だと思うよ。」

え、なぜ？

「染み出した鉱滓があたりを汚染して、それが皮膚炎をおこすまでには数年かかるんだ。四郎がここに来たのは、3年前だって話だからね。」

つまり三郎は遺産として、会社だけじゃなく鉱滓まで残していったんだね。

「三郎が生前、鉱滓を埋めていたとしたら、その作業中に、かなりの量を吸いこんだはずだ。病死って言ってたけど、原因は鉱滓かもしれない。」

きっと不法投棄が命を縮めたんだ。

そう考えて、私はしんみりとした気分になった。

誰か忠告してくれる人はいなかったのかな。

でも、そもそもが強奪したお金で興した会社だから、それを知られるのが恐くて、人を近づけることができなかったのかもしれない。

法律を犯した三郎が心に抱えこんだ闇の深さを思って、私は、とてもやるせなかった。

けれども若武は、想像力が足りないのか、ひたすら元気いっぱいだった。

「残る謎は、ただ1つ、ジュラルミンケースの行方だけだ。それがもし飯島家から発見されれば、飯島兄弟犯行説は、しっかりと裏付けられる。」

翼が、不敵な笑みを浮かべる。

「やっぱ、忍びこむしか、ないでしょ。」

私は、あわてて止めた。

「それ、危ないから。飯島家には、すごい犬が2匹もいるんだよ。上杉君だって襲われたんだから。」

若武がちらっと上杉君を見て、鼻で笑った。

「上杉先生が無事に生還できるくらいなら、大した犬じゃないさ。そいつ、きっと6価クロム吸いこんで弱ってんだぜ。」

ふんと横を向いた上杉君をのぞいて、皆が笑った。

「忍びこむ前に証拠を固めといた方がいい。」

黒木君が、慎重な眼差しで全員を見まわす。

「現場に行って、3億円事件を組み立て直してみるんだ。すべてをはっきりさせてから、飯島家に向かおうぜ。」
賛成っ！

30 3億円事件の真相

その週の土曜日の朝、私たちは、10年前に3億円が強奪された銀行の前に集合した。

なんと若武まで、その日は、トレーニングを休んでやってきたんだ。

「今日はクライマックスだからな。リーダーの俺がいないと、カッコがつかないじゃん。」

週末だったので、銀行の表にはシャッターが下りていて、人通りも少なく、調査をするにはちょうどよかった。

「事件が起こったのは、裏口だ。行こう。」

私たちは、横道から裏に回った。

そこは道に面して駐車場があり、その奥が銀行の建物になっていて、閉まっているドアが見えた。

「記録係、事件の全貌は？」

若武に言われて、私は事件ノートをめくり、そのページを出した。

「警備会社は、銀行の裏口に現金輸送車を停めていた。そこに、銀行内から3億円の入ったジュラルミンケースが運び出されてくる。」

小塚君がナップザックから白いチョークを出し、道路に車の位置を描いた。

そのチョークを上杉君が取り上げ、ポキリと半分に折って片方を返してから、残りを持って裏口のドアに近寄っていく。

そこから車に向かって移動してくるジュラルミンケースの動きを、1本の線で描いた。

「2人の警備員が、ケースを受け取り、現金輸送車の中に入れようとした。」

小塚君が、車の後部の地面に、足跡を2人分描く。

その片方の足跡に、上杉君が、二郎と書き入れた。

「その時、物陰にいた1人の男が襲いかかってきて、そのジュラルミンケースを奪い取った。」

小塚君が新しい足跡を描き、その中に、一郎と書き入れる。

「警備員の1人は、それを阻止しようとしてスタンガンでやられて気絶、もう1人は警察に連絡するために銀行内に駆け戻った。」

上杉君が二郎の足跡に矢印を入れて銀行の裏口の方に向かわせ、もう1人の足跡には、×印を描いた。

襲いかかってきた犯人が一郎なら、二郎を傷つけないだろうと考えたんだと思う。

そうして図にすると、この時、現場には、気絶している警備員しかいなかったということがよくわかった。

犯人は、何でもできる状態だったんだ。

「襲撃した男は、3億円の入ったジュラルミンケースを道に停めてあった自分の車に積みこみ、逃走した。ところが銀行の先にあった交差点を曲がろうとして、向こうから来た大型トレーラーに激突。男の車は、トレーラーの下に突っこんで大破し、男は即死した。」

私は顔を上げ、自分の立っている道の少し先にある交差点を見た。

道は、そこで幅の広い道路にぶつかっている。

その先には高速道路のインターがあり、いつも大きな車が行ったり来たりしているのだった。

「だけどさ。」

若武が、不思議そうな表情をする。

「その事故現場には、3億の入ったジュラルミンケースはなかったんだろ。」

そうなんだ。

だから交差点を通っていた通行人が持ち去ったって説が立ったんだと思う。

「おかしくね？」

上杉君が、眼鏡の向こうの涼しげな目に皮肉な光をまたたかせる。

「飯島四郎は、その現金をそっくり持っていたんだ。通行人が持ち去ったとしたら、それが飯島の手に渡ってるって、ないだろ。」

翼の白い顔の中で、あるかなしかのいつもの微笑みが、ふっと広がった。

「通行人の手には、渡らなかったんだよ。強奪を企てた飯島兄弟が、確実に現金を手に入れるために、現場で何らかのトリックを使ったんだ。」

黒木君がうなずく。

「ベトナムにいた四郎は、参加しなかったのかもしれないけど、三郎は参加したはずだ。今のところ役割の見えていない彼が、キーマンだな。」

若武が叫んだ。

「三郎は、どこかに隠れていた。そしてジュラルミンケースを持って逃げた。」

私たちは、いっせいに反論する。

「それ、トリックって言わないと思う。まんま、だし。」

「だいたい、そんな目立つもの持って、どこへ逃げられるっていうんだっ⁉」

「バスにも電車にも乗れないから、自分の車を使うしかないけど、それだったら、わざわざ三郎が車を用意する意味なくない？　そのまま一郎の車に積みこんで逃げても同じでしょ。一郎が交通事故に遭うことは、事前にはわかってなかったんだし。」

「銀行内に駆け戻った二郎は、当然、行員たちに事情を話さなくちゃならないし、そしたらかなりの人数が飛び出してくる。その間、長く見ても3、4分だ。別の車で走り去ったなら、確実に目撃されてるよ。」

若武はムッとし、片手の親指で地面を指した。

「3億円の入ったジュラルミンケースは、この場にあった。そして、あの交差点で消えたんだ。となったら、この裏口からあの交差点までのどこかで無くなったってことじゃないか。捜せよっ！」

私たちは、しかたなく交差点までの道に不審な所がないかどうかを調べたり、道路沿いのビルや家の間に、秘密の通路があるかもしれないと考えて捜ったりした。

「絶対、何かあるはずだ。あっちも、こっちも、そっちも、もっと細かく捜せ。」

でもいくら探しても、そんなものはどこにもなかった。

私はウンザリして目を上げ、高台にある森を見つめて溜め息をついた。

その木の間から、高砂メッキ工業の大谷石の塀が見えたんだ。

ああ、あそこなんだ。

目を凝らすと、その端の方に飯島四郎の自宅の屋根も確認できた。

そこは、確かにこの街を見おろせる場所だった。

念願の家を造りながら、三郎が、たった6年で死んでしまったことを、私は考えた。

短い時間でも、この街を見おろす暮らしができたんだから、幸せだったのかなぁ。

でも2人の兄に死なれて、自分も病気を患いながらの6年間じゃ、心は決して穏やかじゃなかっただろうし、満足とはいえなかったかもしれない。

「どうかした？」

黒木君に聞かれて、私は、森の木々の間を指差した。

「あれ、高砂メッキ工業だよ。」

黒木君の艶やかな目に、せつなそうな輝きが浮かぶ。

「二郎が警備会社に就職したのは、3億円を強奪する2年前だ。兄一郎が借金で苦しんでいる姿を見ながら、自分は毎日、多額の金の警備をしていて、ふっと強奪を思いついたのかもしれないね。誰にだって、魔が差すってことはあるから。」

魔が差す？

「ある時、急に悪いことを思いついて、それに心を持っていかれちまうこと、囚われてしまうってことだよ。」

私は、見たこともない4人の兄弟の姿を想像した。

自動車修理工場を辞めて農業をしていた一郎、農業をしていて警備会社に勤務した二郎、下水道工事会社に勤めていてメッキ会社を設立した三郎、そして海外で失敗し、戻ってきてメッキ会社を継いだ四郎。

4人は、もともとは普通の人だった。

もし二郎が警備会社に入っていなかったら、強奪も思いつかなかったかもしれない。

初めて犯罪に手を出した結果、一郎は事故死し、二郎も生きていくのがつらくなった。

そのお金で三郎は念願を叶えたけれど、長く生きられず、四郎は会社を継いだものの健康を損ねている。

もし強奪という事件を起こさなかったら、4人は、それぞれの問題を抱えながらも真面目に暮らしていたに違いなかった。

その中で幸せを見つけ出すことだって、できたよ、きっと。

それに気づかず、一瞬の魔に捕われて人の道を踏みはずし、人生を変えてしまった4人を、私は哀れに思った。

その時、突然、誰かが肩をつかんだんだ。

びっくりして振り返ると、そこに翼がいた。

何かに気を取られているみたいな表情で、私の驚きなんか、ちっとも気にしていないみたいだった。

「人間が、初めて犯罪に手を出す時って、成功する確信がなかったら踏み切らないし、踏み切れないと思わない？」

まぁ、そうかも。

「兄弟も、成功するという確信を持っていたはずだ。その1つは、二郎が警備会社に勤めていて、現金輸送にくわしく、現場でリードを取れるからだよね。もう1つは、一郎が自動車修理工で車の知識があり、犯行に使う車を盗むことができたからだ。盗んだ車を使えば、足がつかないもの。ひょっとして三郎にも、そういう技能があったんじゃない？　三郎は、どこに勤めてたの？」

私より先に、黒木君が鋭い声を上げる。

「下水道工事の会社だ。」

瞬間、少し離れた所にいた上杉君が片手を上げ、親指を立てた。

「美門、当たりだ！」

そう言いながらその手をくるっと逆さにし、親指で地面を指す。

「ここ。」

私たちは、そこに駆け寄った。

上杉君が指していたのは、地面に描かれた現金輸送車の後方、3人分の足跡がある位置より、30センチほど道の中央に寄った所だった。

そこに、マンホールがあったんだ。

「この蓋は、やたらには開けられないし、中で有毒ガスが発生していることもあるから、資格のある人間でないと入るのは危険だ。だが下水道工事の会社に勤めていた三郎になら、開けることも、中に入ることもできる。下水道工事をする会社には、この市のすべての下水の流れを描いた地図があるし、それを見ればどこにマンホールがあるかもわかるんだ。」

若武が意気ごんだ声を上げる。

「よし、決まりだ！　三郎は、あらかじめマンホールの蓋を開け、すぐ中に入れるように少しずらしておいて、一郎と一緒に物陰にひそんだ。二郎と警備員がジュラルミンケースを運んでくるのを見て、一郎だけが飛び出し、警備員を気絶させる。二郎は警察に連絡するという口実で銀行内に駆け戻った。三郎が、現金の入ったジュラルミンケースをマンホールに落とし、自分も中に入る。一郎がその蓋を閉め、車に飛びこんで逃走した。一郎は銀行や警察の目をくらますための囮だったんだ。」

私は息を呑んでマンホールを見つめた。

若武が言った通りに行動すれば、2分もかからない。

三郎は、銀行員たちが走り出してくる前に、ジュラルミンケースと一緒に地上から姿を消すことができるんだ。

「マンホールの中を下まで降りると、下水道につながっている。下水道の中を歩いて、できるだけ自宅の近くまで行き、あらかじめ蓋をずらしておいたマンホールから外に出ればいい。」

きっとそうだっ！

私たちは顔を見合わせ、大きくうなずき合った。

「誰か、マンホールの中に入って確かめてみる？」

翼がからかうように言い、若武が首を横に振る。

「必要ない。完璧な推理だ。さっき俺が言った通りだろ、探せば何か出てくるって。」

いばった口調でそう言いながら、高台の森の間に見える大谷石の塀を見上げた。

「あとは、飯島四郎の口から直接聞こう。三郎たちが残した手がかりが手に入るかもしれないし。」

31 努力はする

「じゃ、俺たちは飯島んちに行く。アーヤは帰っていいよ。」

若武に言われて、私は、渋々うなずいた。

こういう時、私は連れていってもらえないことになっているんだ。

すごく不満だけれど、無理矢理ついて行っても、皆の足を引っぱるだけだってことがわかっているから、我慢することにしてる。

「気をつけてね。」

そう言って私が帰ろうとすると、上杉君が言った。

「立花も一緒で、よくね？」

驚いたのは、私だけじゃなかった。

「危ないよ。」

小塚君が心配する。

上杉君は肩をすくめ、ポケットから携帯を出した。

「事前に、危険は排除できる。飯島四郎を脅して、犬をつながせておけばいいんだ。俺たちは、立花に約束しただろ、仲間として対等に扱うって。ここで立花を排除するのは、それに反するじゃん。」

上杉君がそんなことを言ってくれるなんて、私はちっとも思っていなかったから、本当に感激した。

「アーヤ、一緒に行きたい？」

黒木君に聞かれて、私がうなずくと、若武はしかたなさそうな溜め息をついた。

「じゃ上杉、飯島四郎に電話かけて、犬を押さえさせろよ。」

小塚君が、眉根を寄せて私を見る。

「ほんとに大丈夫？」

私は心配させまいとして、力いっぱい言った。

「もちろん！　ワクワクしてるくらいだから。」

少し離れた所で電話をかけていた上杉君が、それを切ってこっちを振り返る。

「完了。」

翼が興味深そうな笑みを浮かべた。

「なんて言って脅したの？」

上杉君は、何でもないといったように眉を上げる。

「高砂メッキ工業が鉱滓を不法投棄しているって噂を聞いたんですけど、本当ですか。僕の父は市立病院の病院長で、噂通りなら、鉱滓に触れている社長や社員の方々が重篤な病気にかかっている可能性があると心配しており、お力になりたいと言っています。父や病院が直接動くと、噂が大きくなるので、僕が代理でご連絡しているところです。この申し出をお断りになるようでしたら、父としては放っておけないので、警察に連絡して調べてもらうと言っていますが。」

悪党っ！

「よし、行こうぜ。」

若武が言い、先に立った。

その後に小塚君と翼が続く。

私は、上杉君に近寄った。

「さっき皆に、私のことを言ってくれて、ありがとう。」

上杉君は、横を向く。

「別に、」

そう言うなり、足を速めて若武を追いかけていった。

言い捨てるように残した言葉が、私の耳に届く。

「約束、・・・守る努力はする。」

え？

32 生きる力

上杉君、何、考えてんだろ。

「アーヤ、」

隣にいた黒木君がそっと私の方に体を傾け、耳にささやいた。

「上杉のことなら、放っておきなよ。悩めるお年頃なんだからさ。」

何、それ。

「中学生って、理性と感情が一致しないことが多い時期なんだ。上杉先生も、しかり。そういう時は、関わらないに限るよ。時間が解決するからさ。」

そうなんだ。

まぁ私も、そういうことあるけれど、上杉君もそうなのかぁ。

しかたないな。

「わかった。放っておく。」

そう答えると、黒木君は、クスッと笑った。

「いずれ本人が、何か言うだろう。ま、お楽しみに。」

黒木君の言葉も、上杉君なみに謎だった。

私は、若武に申し出て、これを次の事件として取り上げてもらいたいくらいの気持ちで歩いた。

高砂公園のそばを通り、団地の前を抜けて神社の階段から少し離れた所にある坂を上ると、その突き当たりに飯島家の門があった。

若武が、ドアフォンを押す。

私はあたりを見回したけれど、2匹の犬はどこにもいなかった。

「先ほど連絡した病院長の息子の友人ですが。」

若武としては、上杉君の出まかせを引き継ぐしかなかったらしく、いささか不愉快そうな様子だった。

「友人と一緒に、くわしいお話を伺いに来ました。」

しばらくして玄関のドアが開く。

出てきたのは、パジャマを着た中年の男の人だった。

「飯島四郎さんですね。」

若武の問いにうなずいた男の人は、上杉君が言っていた通り、本当に顔色が悪かった。

暗い目をして、沈んだ雰囲気を漂わせている。

それを見て私はようやく、これまで飯島四郎という1つの固有名詞でしかなかったその人を、生きている人間としてとらえることができた。

みじめな感じのするその姿は、とても気の毒だった。

「寝てらしたんですか。いつからそんなにお悪いんです？」

四郎さんは、背中を向ける。

「まぁ、入って。」

若武が先頭を切って玄関に踏みこみ、それに続いて私が入った。

とたん、足元で何かが動いたんだ。

目をやれば、そこに2匹のシェパードが寝そべっていた。

足のすぐそばだったので、私は、もうちょっとで悲鳴を上げるところだった。

でも2匹とも、今日はずい分元気がなく、首を持ち上げることもしなかった。

「おじゃまします。」

若武は居間に入り、座っている四郎さんの前のソファに腰を下ろす。

私たちは、その隣に並んだ。

「今まで医者に行かなかったのは、」

そう言いながら四郎さんは、苦しげに咳をした。

「病状から、鉱滓によるものだと診断されると、それを敷地内に埋めていることが発覚するからだよ。」

やっぱり！

「だが、もうあきらめることにした。先日は、野村皮膚科の先生にバレて強請られたしね。そんな噂まで立ってるんじゃ、これ以上隠しようもないし、逃げるにも、こんな体じゃ逃げきれない。」

若武が、その目に鋭い光をまたたかせる。

「野村泰介に渡した現金が、10年前の3億円事件で盗まれた金だってことを、知っていましたか。」

四郎さんは驚いたような顔をしたけれど、すべてを断念した人らしい落ち着いた表情を失わなかった。

「いや、普通の金じゃないとは思っていたが、知らなかった。その頃はベトナムにいて、日本の事件には無関心だったからね。二郎兄の葬儀に帰ってきた時に、三郎兄がずいぶん沈んでいて、マズいことに手を出して後悔していると打ち明けられたんだが、それ以上は話してもらえなかった。日本に帰ってきて工場を継いだのは、三郎兄が死んでからだ。やがて敷地内に鉱滓が埋められていることに気づいたが、そのうちにまとめて処分場に移せばいいぐらいに軽く考えて、自分の出した鉱滓も、そこに一緒に埋めていたんだ。ところが半年ほどで仕事がうまくいかなくなって、鉱滓の処分どころではなくなってしまった。従業員を解雇し、会社を閉鎖するために整理をしていたら、三郎兄が使っていた部屋で、ジュラルミンケースに入った1億1千万を見つけたんだ。」

ああ、これで謎はすべて解けた!

「前に言っていたマズいこととはこれだろうと思ったが、死んだ兄に聞くこともできない。警察に持っていけば、いろいろと詮索されて鉱滓の不法投棄が発覚する恐れがあったから、それもできずに、そのままにしておいた。だが、気になってたまらなかったね。いったい何の金なんだろうとか、誰かに見つかるんじゃないかとか。そのうち体調が悪くなってきて、ごらんの通り、寝たり起きたりの生活になってしまった。先日、野村皮膚科から、高砂メッキ工業が敷地内に鉱滓を埋め、地域を汚染している証拠を持っていると強請られたんだが、払う金がなかったものだから、ついそれに手をつけたんだ。」

その話は、ほぼ私たちの推察通りだった。

「要求金額はもっと少なかったんだが、使えない金が手元にあっても、気になるだけで何の意味もない。私も、もう長くは生きられないだろうし、根こそぎ渡して、最後くらい楽になりたかったんだ。それで、そっくり渡した。」

黒木君が大きな息をつく。

「あの新札の番号は、公表されていたんですよ。」

四郎さんは、ふっと笑った。

「そうか。じゃ野村泰介も、ただじゃすまないだろうな。まぁ犯罪に手を染めた人間の最後は、そんなものだ。私も、もうダメだね。」

そう言いながら若武に目を向ける。

「病院長の息子というのは、どの子だ。」

上杉君がわずかに手を上げると、四郎さんはそちらに向き直った。

「お父さんにお礼を言っておいてくれ。不法投棄で近隣に迷惑をかけた男の体を心配してくれて、ありがたかったと。それが言いたくて、ここで待っていたんだ。私は、これから警察に自首する。」

私は、複雑な気持ちになった。

自首すれば、罪が軽くなるだろうから、四郎さんにとってはいいことだった。

でも、若武はどうだろう。

若武がこの謎を追ってきた目的は、10年間も未解決になっている3億円事件の真犯人を見つけ出し、中学生探偵団として新聞やテレビで脚光を浴びて派手に目立つことだった。

ここで四郎さんが自首すれば、警察にいろいろ話すだろうし、捜査も始まる。

そうなれば、私たちのこれまでの苦労は、水の泡だった。

拾った1億1千万も、盗難にあったお金だから報労金が出ない。

つまり、すべては、ゼロになってしまうのだった。

若武が、それで納得するだろうか。

調査の途中で、サッカー選手として致命的な怪我までしたっていうのに、その結果どんな成果も得られないなんて、そんなこと・・・。

私は、ハラハラしながら若武を見つめた。

皆も同じ気持ちだったみたいで、息を呑んで若武の顔色をうかがっていた。

「きっと警察では、すぐ入院させてくれますよ。」

そう言った若武の声は、やはり元気がなかった。

「事情聴取は、病室でやることになるでしょう。」

四郎さんは、苦笑する。

「どうせ短い命なんだから、治療の必要もないけどね。」

そんな・・・。

「それに鉱滓の被害にあった人たちを差し置いて、自分が先に治療を受けるのは気が引ける。」

上杉君が、皮肉な笑みを浮かべた。

「鉱滓の被害者たちは、まださほど重い症状じゃないし、それに野村皮膚科が責任を持って治療してくれるんじゃないですか。そのおかげで、1億1千万もの大金を手に入れたわけですからね。もっともその金は、後で没収されると思いますが。残るのは、脅迫罪という罪だけですよ。」

四郎さんも、私たちも思わず溜め息をつく。

まったく犯罪は、してもされても、人間を不幸にすると言うしかなかった。

「では、警察に電話をかけるかな。」

そう言って四郎さんは立ち上がり、私たちの目の前で、サイドテーブルに置かれていた電話を取り上げた。

それを見て若武は一瞬、腰を浮かせかける。

私は、ドキリとした。

若武が四郎さんを止めるんじゃないかと思ったんだ。

でも若武は何もせず、再び座り直すと、ソファの背にもたれかかって両腕を組んだ。

観念したように目をつぶる。

自分の野望に見切りをつけ、気持ちをなだめているかに見えた。

私は胸をなで下ろし、隣にいた翼や小塚君とうなずき合った。

若武にはかわいそうな結果になったけれど、四郎さんのためにはベストの形だろうなと思って。

「はい、自首します。」

電話をかけている四郎さんの横顔は、静かなあきらめに満ちていて、とても孤独だった。

私は翼をつつき、こっそり聞いてみた。

「この場合の罪って、重いの。」

翼は、くせのない髪をさらっと乱して首を横に振る。

「それほどでもないでしょ。強奪事件には関わってないんだし、本人が実際に不法投棄していた期間も短いし。」

そう言いながら繊細な感じのする眉根を寄せた。

「それよりも問題なのは、人生に対して、気持ちが後ろ向きになっていることだよ。償うべきものは償って、体も治して、これからも生きていかなきゃならないのに。」

確かにその通りで、私は気持ちが沈んだ。

それは、私には、どうしてあげることもできないことだったから。

ただ立ち直ってほしいと、祈るしかなかった。

「はい、わかりました、では。」

電話を終わった四郎さんは、置いた受話器に片手をかけたまま、大きな仕事をやり終えたかのように放心していた。

やがて、私たちの方を振り返る。

「警察が迎えにきてくれるそうだ。君たちは、もういいよ。帰りなさい。」

若武がひょいと立ち上がり、四郎さんに向かって右手を出した。

握手を求めたんだ。

突然そんなことをするなんて、誰も思っていなかったし、なぜここで握手なのか意味がわからなかったから、皆がびっくりした。

若武は、いったいどういうつもりなのだろう。

私たちは不可解に思いながら、それでも興味津々で、成り行きを見守った。

注目を浴びた若武は、かなりうれしそうな、そして相当に得意げな顔でこう言ったんだ。

「俺、この間、膝を怪我しました。もう治らない怪我です。でもサッカーが好きだから続けたい。それで、こう考えることにしたんです。怪我をしていなかった俺の人生は、もう終わったんだって。これからは、怪我を抱えた俺の、新しい人生が始まる。人間はいつでも、どんな状態からでも新しくスタートできると俺は信じています。俺にできるんだから、あなたにも、きっとできる！」

私たちは心を揺さぶられ、感激のあまり言葉もなかった。

四郎さんもそうだったらしくて、かなりの間じっと若武を見つめていた。

その顔が少しずつ明るく、活気のあるものになっていくのを、私は見ていた。

まるで光が差してくるみたいだった。

「今の君の言葉を、忘れないよ。」

そう言って右手を伸ばし、四郎さんは若武の右手を取る。

その上から自分の左手を重ね、強く握りしめた。

「ありがとう。本当にありがとう。」

私たちは、胸を熱くしながら微笑み合った。

やっぱり若武はすごい、多少の欠点はあっても尊敬に値する、リーダーにふさわしいって、この時、皆が思っていたんだ。

33 若武は、すごいか⁉

「俺たちは、クラブハウスに戻る。」

飯島家を出て、坂を下りながら黒木君が言った。

「またトレーニングだ。KZ技能検定も、いよいよ迫ってきてるからさ。」

翼がつぶやく。

「あの金、どうすんの。」

あ、その問題がまだ残ってたよね。

「野村んちに返しとくのが、1番無難じゃね？」

さらっと答えたのは、上杉君だった。

「飯島四郎から事情聴取した警察は、必ず野村皮膚科に家宅捜索に入る。その時に見つけるからさ。自然だろ。」

それなら野村さんや正彦君がバラ撒いたことは、問いただされずにすむよね。

両親の離婚で心を痛めてる時に、お父さんまで逮捕されるかもしれないんだから、バラ撒きについてはそっとしておいてあげる方がいいかも。

「今、お金はどこにあるの。」

私が聞くと、若武が自分だというように片手を上げた。

「クラブハウスの寝室に移してある。」

私はうなずき、皆を見まわした。

「じゃ翼がそれを持って野村さんのとこに行って事情を説明し、こっそり元に戻してもらうのがいいと思う。野村さんは、翼の言うことなら聞いてくれるだろうし、相談に乗ってあげれば、心も慰められると思うから」

そう言いながら、考えた。

お金が元に戻れば、まるで黄金の雨が降ってきたかのようだったこの事件は、起こらなかったも同然のものになるんだって。

それは、すごく不思議な気分だった。

「ん、それがいいよ。」

小塚君がそう言い、上杉君も黒木君も、賛同の手を上げる。

黙ってそれを見ていた若武は、いかにも未練がましい表情になった。

「あのさ、やっぱり渡さないとダメ、かな。」

ダメだよ。

「もうちょっと手元に置いて、何とか別の方法を考えるとか。だって1億1千万だぜ。こんな大金に出会うことなんて、もう2度とないよ。もったいないじゃんよ。」

瞬間、上杉君が叫んだ。

「きさま、俺のさっきの感動、返せ。」

黒木君たちも次々と言った。

「今のひと言で、おまえの価値、かなり落ちたと思うよ。」

「とても残念だよ。」

「早く心を入れ替えてくれるように祈ってる。」

散々に言われて、若武は、がっくり。

「わかったよ。渡すから。渡しゃいいんだろ、渡すよ。」

しょげかえっていたので、私は、発言を控えることにした。

いい時と、悪い時の差が激しいから、ウエーブの若武ってニックネームがついたんだよね、って思いながら。

その日、家に帰って、私は事件ノートを清書した。

最後に、個人的な所見として、こう書いておいた。

若武の怪我も含めて、今回は、本当にすごいことが多かったって。

でも事件が終わってからも、すごいことは、まだ続いた。

それは若武が、KZ技能検定で、今まで誰も出したことがないという最高得点をたたき出したことだった。

それによってトップ下への復帰は、決定的なものとなった。

膝の怪我は、若武の足を引っ張るどころか、より高い所へと押し上げたのだった。

聞くところによれば、トップ下復帰を知らされた若武は、大声で叫んだらしい。

「やったぞぉおっ！　俺は偉いっ!!」

私は、そんな若武を想像してみた。

きっとすごく輝いていて、胸がドキドキするくらいカッコよかったに違いない。

見たかったなぁ。

若武の復帰で、それまでトップ下だった翼は、サイドハーフに下がることになった。

翼は、ほっとしたような表情で、それでも一応、こう言ったらしい。

「次の検定で、俺が返してもらうから。」

その顔は、めずらしくマジだったというのが、もっぱらの噂だった。

やっぱり2人は、宿命のライバルだって気がするのは、私だけ？

あとがき

こんにちは、藤本ひとみです。

この「事件ノート」シリーズは、これまでKƵのみでしたが、昨年11月に新しくGがスタートし、二刀流となりました。

KƵの方は、本書の「黄金の雨は知っている」で、ついに合計17冊目、Gの方は、まだ「クリスマスケーキは知っている」のみで、生まれたての1冊目です。

双方に、たくさんの応援を、ありがとう！

「事件ノート」シリーズKƵとGの特徴は、1冊1冊が新しい事件を扱い、謎を解決して終わるので、どこからでも読めることです。

KƵでもGでも、気に入ったタイトルの本から、読んでみてください。

今回のKƵ「黄金の雨は知っている」は、いかがでしたか？

ご意見、ご感想、お待ちしています。

さて私は、この「黄金の雨は知っている」の中で扱ったPTSD、心的外傷後ストレス障害に陥ったことがあります。

小学校高学年の頃、交通事故に遭ったのです。

はっと気がついたら、自分の部屋で寝ていて、両腕、両脚は包帯だらけ。

そばに母がいたので、

「お母さん、私、どうしたの？」

と聞いたら、その時の母の顔は、まるで幽霊でも見たかのようでした。

私の方が驚いたくらい。

どうやら、その日、友だちの家に遊びに行き、帰ってくる途中で、オートバイにはね飛ばされたらしいのです。

でも私には、その記憶がまったくないっ！

事故の記憶だけでなく、その日1日分、朝からの記憶がスッポリと飛んでしまっていました。

これは、いまだに戻ってきていません。

はて、私はいったい何をしていたのだろう。

また、その翌日から悩まされたのが、恐怖感。

小さな音がしだいに大きくなっていくような状況、たとえば車が遠くから近づいてくるとか、テレビやステレオの音のボリュームが上がっていくとか、ドラムの連打が大きくなっていったりすると、ゾワッと鳥肌が立ち、どこでもいいから逃げ出したくなってしまうのです。

また道路を横断しようとすると、足がすくんでしまって、まったく歩けませんでした。

でも当時は、PTSDなんて知られていなかったので、誰にも理解してもらえなかったのです。

変な子だと思われていました、シクシクシク。

救急車で運ばれた病院では、私が、吐き気がすると言っていたことから、頭を強く打ったらしいと判断し、その後、意識を失ったので、一時は生存が危ぶまれたようです。

けれども、ふっと正気に戻ったことから、ああよかったと皆がほっとし、後のケアはまったくありませんでした。

今、あまり賢くないのは、そのせいかも。

皆様も、交通事故には、どうぞ、お気をつけくださいませ。

藤本(ふじもと)ひとみ

＊原作者紹介

藤本（ふじもと）ひとみ

長野県生まれ。西洋史への深い造詣と綿密な取材に基づく歴史小説で脚光をあびる。フランス政府観光局親善大使をつとめ、現在AF（フランス観光開発機構）名誉委員。著作に、『皇妃エリザベート』『シャネル』『アンジェリク　緋色の旗』『ハプスブルクの宝剣』『幕末銃姫伝』『会津孤剣』など多数。青い鳥文庫の作品では『三銃士』『マリー・アントワネット物語』（上・中・下巻）『美少女戦士ジャンヌ・ダルク物語』『新島八重物語』がある。

＊著者紹介

住滝（すみたき） 良（りょう）

千葉県生まれ。大学では心理学を専攻。ゲームとアニメを愛する東京都在住の小説家。性格はポジティブで楽天的。趣味は、日本中の神社や寺の「御朱印集め」。

＊画家紹介

駒形（こまがた）

大阪府在住。京都の造形大学を卒業後、フリーのイラストレーターとなる。おもなさし絵の作品に「動物と話せる少女リリアーネ」シリーズ（学研教育出版）がある。

講談社　青い鳥文庫　286-18

探偵チームKZ事件ノート
黄金の雨は知っている

藤本ひとみ 原作
住滝 良 文

2015年3月15日　第1刷発行
2018年1月9日　第10刷発行

（定価はカバーに表示してあります。）

発行者　鈴木　哲

発行所　株式会社講談社
東京都文京区音羽2-12-21　郵便番号112-8001
電話　編集（03）5395-3536
販売（03）5395-3625
業務（03）5395-3615

N.D.C.913　324p　18cm

装　丁　久住和代
印　刷　図書印刷株式会社
製　本　図書印刷株式会社
本文データ制作　講談社デジタル製作

ISBN978-4-06-285473-3

どこから読んでも楽しめる！

探偵チームKZ（カッズ）事件ノート

藤本ひとみ／原作
住滝 良／文
駒形／絵

消えた自転車は知っている

第一印象は最悪！なエリート男子４人と探偵チーム結成！

本格ミステリーはここから始まった！

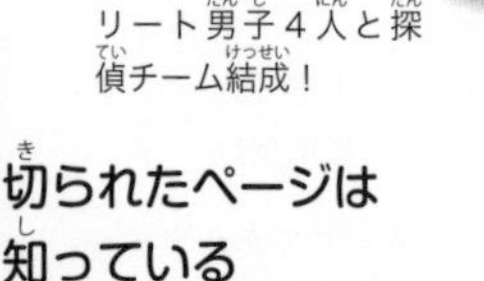

切られたページは知っている

だれも借りてないはずの図書室の本からページが消えた!?

国語のエキスパート・彩、大奮闘！

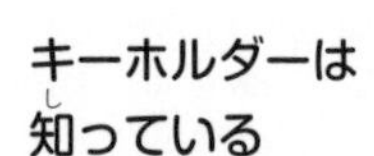

キーホルダーは知っている

なぞの少年が落とした鍵にかくされた秘密とは!?

受験の合格発表は明暗まっぷたつ！

卵ハンバーグは知っている

給食を食べた若武がひどい目に！　あのハンバーグに何が？

砂原、初登場です!!

緑の桜は知っている

ひとり暮らしの老婦人が行方不明に!?
失踪か？　事件か!?

洋館に隠された恐るべき秘密！

シンデレラ特急は知っている

ＫＺがついに海外へ!!
リーダー若武の目標は超・世界基準！

ＫＺ初の海外編！

シンデレラの城は知っている

ＫＺ、最大のピンチ!!
おちいった罠から脱出できるか!?

スケールの大きさにびっくり！

クリスマスは知っている

若武がついに「解散」を宣言！　ＫＺ最後の事件になるか!?

砂原ファンは見逃せない１冊！

裏庭は知っている

若武に掃除サボりのヌレギヌが！　そこへ上杉の数学１位転落!?

大ショック！
上杉に何が!?

初恋は知っている 若武編

「ついに初恋だぜ！すごいだろ。」
若武、堂々の告白！

若武の恋バナがとんでもないことに！

天使が知っている

「天使」に秘められたメッセージとは!?　この事件は過去最大級！

スペシャルカラーイラストつきの特別編！

バレンタインは知っている

砂原と再会！
心ときめくバレンタインは大事件の予感！

バレンタインの思い出は永遠に・・・。

ハート虫は知っている

転校生はパーフェクトな美少年！　そして，若武のライバル!?

超・強力な新キャラ登場！

お姫さまドレスは知っている

若武、KZ除名!?　そして美門翼にも危機が・・・。

最大のピンチ！
どうする、若武!?

青いダイヤが知っている

高級ダイヤの盗難事件発生！
若武にセカンド・ラヴ到来か!?

男の子たちの友情とは!?

赤い仮面は知っている

砂原が13歳で社長に！
KZ最大の10億円黒ルビー事件ぼっ発！

KZに雇い主がみつかる!?

黄金の雨は知っている

上杉が女の子を誘う!?
その意外な真相とは!?

彩の宣言、
上杉の告白！

七夕姫は知っている

屋敷に妖怪が住む!?
忍びこんだKZメンバーが見たものは。

あの砂原が帰ってきて!?

消えた美少女は知っている

KZに近づく
謎の美少女の目的は!?

上杉がまさかの退団宣言!?

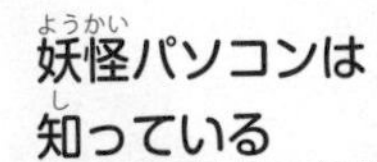

妖怪パソコンは知っている

不登校のクラスメイトは、妖怪の末裔!?

KZが分裂、解散へ!?

本格ハロウィンは知っている

砂原が極秘帰国!?
そして彩が拾ったスマホから思わぬ事件へ!

パーティーで何かが起こる!?

アイドル王子は知っている

KZがアイドルに!?
さらに神剣の呪いとは。

アイドルが家にやってきた!

学校の都市伝説は知っている

一見、ただの都市伝説。
その裏には!?

若武の決意にKZは騒然っ!!

「探偵チームKZ事件ノート」は、まだまだ続きます!

妖精チームGジェニ事件ノート
もうひとつの
「事件ノート」
シリーズです!!

こんにちは、奈子です。姉の彩から、超天然と言われている私は、秀明の特別クラス「G」に通っています。

このGというのは、genieの略で、フランス語で妖精という意味。同じクラスにはカッコいい3人の男子がいて、皆で探偵チームを作っています。

妖精チームGは、妖精だけに、事件を消してしまえる！
これは、過去のどんな名探偵にもできなかった至難の業なんだ。
KZの若武先輩、上杉先輩や小塚さんも手伝ってくれるしね。
さぁ**妖精チームG**の世界をのぞいてみて！
すっごくワクワク、ドキドキ、最高だよっ!!

妖精チームGジェニ事件ノート

わたしたちが活躍します！

立花 奈子
Nako Tachibana

主人公。大学生の兄と高校生の姉がいる。小学5年生。超・天然系。

火影 樹
Tatsuki Hikage

野球部で4番を打ち、リーダーシップと運動神経、頭脳をあわせ持つ小学6年生。

若王子 凜
Rin Wakaouji

フランスのエリート大学で学んでいた小学5年生。繊細な美貌の持ち主。

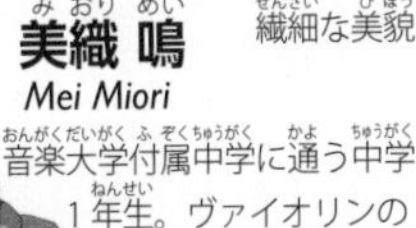

美織 鳴
Mei Miori

音楽大学付属中学に通う中学1年生。ヴァイオリンの名手だが、元ヤンキーの噂も。

好評発売中！

クリスマスケーキは知っている

塾の特別クラス「妖精チームG」に入った奈子に、思いもかけない事件が！

星形クッキーは知っている

美織にとんでもない疑惑!? クラブΖと全面対決!?

5月ドーナツは知っている

Gチームが、初の敗北!? 一方、奈子は印象的な少年に出会って・・・。

歴史発見！ドラマシリーズ

藤本ひとみ／作　K2商会／絵

マリー・アントワネット物語㊤
夢みる姫君

「わたし、花のフランスに行って、だれよりもしあわせになるのよ！」フランス革命のきっかけとなったことで有名なお姫さまの真実の姿は、よくいる普通の女の子だったのです！　おちゃめで明るく元気な少女が、お嫁に来てから仲間はずれにならないためにどれほどがんばったのか――。その奮闘がわかる、楽しい歴史ドラマにワクワク。

青い鳥文庫で読める名作

A・デュマ／原作
藤本ひとみ／文　K2商会／絵

『三銃士』

ひとりはみんなのために、
みんなはひとりのために！

冒険…
友情…
恋…

読みはじめたらとまらない！
胸が熱くなる、
命をかけた冒険活劇！

「わたしの名はダルタニャン。わたしの剣を受けてみろ！」ルイ王朝華やかなりしころのフランス，花の都パリ。片田舎からやってきた，熱い心をもつ青年ダルタニャンは，３人の勇敢な銃士，アトス，ポルトス，アラミスに出会う。そして彼らとともに，国家をゆるがす陰謀に立ち向かうことに！　恋と友情に命をかけた，手に汗にぎる冒険活劇，ここに登場。

「講談社 青い鳥文庫」刊行のことば

太陽と水と土のめぐみをうけて、葉をしげらせ、花をさかせ、実をむすんでいる森。小鳥や、けものや、こん虫たちが、春・夏・秋・冬の生活のリズムに合わせてくらしている森。森には、かぎりない自然の力と、いのちのかがやきがあります。

本の世界も森と同じです。そこには、人間の理想や知恵、夢や楽しさがいっぱいつまっています。

本の森をおとずれると、チルチルとミチルが「青い鳥」を追い求めた旅で、さまざまな体験を得たように、みなさんも思いがけないすばらしい世界にめぐりあえて、心をゆたかにするにちがいありません。

「講談社 青い鳥文庫」は、七十年の歴史を持つ講談社が、一人でも多くの人のために、すぐれた作品をよりすぐり、安い定価でおおくりする本の森です。その一さつ一さつが、みなさんにとって、青い鳥であることをいのって出版していきます。この森が美しいみどりの葉をしげらせ、あざやかな花を開き、明日をになうみなさんの心のふるさととして、大きく育つよう、応援を願っています。

昭和五十五年十一月

講談社